AF281325

CASA 31

ExLibric

FRANCISCO MACHOTA ARANDA

CASA 31

EXLIBRIC
ANTEQUERA 2024

CASA 31
© Francisco Machota Aranda
Diseño de portada: Dpto. de Diseño Gráfico Exlibric

Iª edición

© ExLibric, 2024.

Editado por: ExLibric
c/ Cueva de Viera, 2, Local 3
Centro Negocios CADI
29200 Antequera (Málaga)
Teléfono: 952 70 60 04
Fax: 952 84 55 03
Correo electrónico: exlibric@exlibric.com
Internet: www.exlibric.com

Reservados todos los derechos de publicación en cualquier idioma.

Según el Código Penal vigente ninguna parte de este o cualquier otro libro puede ser reproducida, grabada en alguno de los sistemas de almacenamiento existentes o transmitida por cualquier procedimiento, ya sea electrónico, mecánico, reprográfico, magnético o cualquier otro, sin autorización previa y por escrito de EXLIBRIC; su contenido está protegido por la Ley vigente que establece penas de prisión y/o multas a quienes intencionadamente reprodujeren o plagiaren, en todo o en parte, una obra literaria, artística o científica.

ISBN: 978-84-10297-02-9
Depósito Legal: MA 1907-2024

Impresión: PODiPrint
Impreso en Andalucía – España

Nota de la editorial: ExLibric pertenece a Innovación y Cualificación S. L.

Cualquier forma de reproducción, distribución, comunicación pública o transformación de esta obra sólo puede ser realizada con la autorización de sus titulares, salvo excepción prevista por la ley. Diríjase a CEDRO (Centro Español de Derechos Reprográficos) si necesita fotocopiar o escanear algún fragmento de esta obra (www.conlicencia.com; 91 702 19 70 / 93 271 04 47)

FRANCISCO MACHOTA ARANDA

CASA 31

Prólogo

Sí, lectoras y lectores, esta es una novela corta, casi un cuento, con ficción, que respira a través del pulmón de la historia. Es esa historia que navega a través de un océano de vida, en medio de tormentas, borrascas, tifones y con riesgos de hundimiento, que son temas sociales, preocupantes para todos nosotros y nosotras, como la emigración, el tener que refugiarse en otro país debido a las guerras y al terror, la injusticia social, la discriminación, la convivencia, la tolerancia, el respeto al otro o a la otra, la prostitución, la explotación infantil, la pederastia, la homofobia, etc.

Recuerdo las palabras de Nelson Mandela en su autobiografía, *Long Walk to Freedom:* «Mi vida y la de la mayoría de los Xhosas, en aquel tiempo, estaba diseñada por las costumbres, los rituales y los tabús».

En esta novela, que aquí os presento, ahora, la familia Mendoza, una generación de españoles, judíos conversos, sefardíes, expulsados de su país: Castilla y Aragón. En 1492, sus vidas, en su pueblo natal, Retiendas, en Guadalajara (Castilla, España), venía determinada por sus costumbres, rituales y tabús, propios de su raza y su sentir, que entraban en colisión con la ortodoxia cristiana de la época. Sí, la novela también nos dibuja algo del antisemitismo en cualquier lugar, en cualquier momento, con cualquiera como víctima.

La crónica de la crueldad humana hacia otros seres humanos es un cuento histórico, largo y sangriento. En octubre y noviembre 2023 se vio esa crueldad con las matanzas, de unos a otros, de israelíes contra palestinos y viceversa.

Nos preguntaba la escritora Julia Samuel, en su novela *This Too Shall Pass:* «Si el cambio es algo natural en el orden de las cosas, ¿por qué tantos de nosotros luchamos contra la realidad de nuestra vida, contra el querer mejorar las cosas, contra el eliminar la injusticia social?».

Espero que les guste, o no, esta corta novela, una historia de una saga, como un jarrón, adornando, con sus flores marchitas, como denuncia de lo injusto que puede resultar este nuestro mundo para algunos de nosotros/as.

Solo pido a las lectoras y lectores que reflexionen sobre los temas sociales que esta novela aborda, con más o menos éxito, en su poder de comunicación.

Móstoles, diciembre de 2023
Francisco Machota Aranda

Dedicatoria

Dedico esta novela a María Luisa Machota Blas, que fue, antes de irse con las estrellas, el 10 de octubre de 2018, a los cincuenta y un años, una humanista, siempre dedicada a la docencia y a intentar mejorar la vida de sus semejantes.

Gracias, Marisa. Estarás siempre en nuestra memoria. Fuiste lo que el pueblo judío llama «una justa».

Casa 31

Es sábado, 2 de diciembre de 2045. Robert Mendoza, nacido en 1950, ahora con 95 años de edad, hace 86 años que llegó a Australia, en julio de 1959, llamándose Roberto, con sus padres y su amigo y hermano adoptado, Manuel Lozano, entonces con 13 años, llamándose ya Manuel Mendoza, como inmigrantes legales.

Cuando llegaron a Australia, su padre, Enrique Mendoza, tenía 36 años, nacido en 1923, y María, la madre de Robert, tenía 32 años, nacida en 1927. Enrique Mendoza murió con 92 años en el año 2015. María, madre de Robert, murió en el año 2017 con 90 años.

Robert, disfrutando de su jubilación, está en Bribie Island, Moreton Bay, cerca de Brisbane, en el estado de Queensland, Australia, donde amanece, ese día de verano australiano, a las 7:35 horas.

Robert lleva despierto desde las 5 de la mañana.

Es su cumpleaños, ya que nació el 2 de diciembre del año 1950 en Retiendas, Guadalajara, España, el pequeño y frío pueblo, más bien la aldea de las casas blancas, en contraste con la arquitectura negra de los pueblos cercanos, con sus casas hechas con pizarra negra; uno de los más de 8000 municipios, de esa España adoctrinada por el régimen y la Iglesia. Sí, en pleno franquismo, 1936-1975, con su represión, su hambre, su cartilla de racionamiento y su forzada religiosidad, impuesta por la santa Iglesia apostólica y romana, donde todo era pecado si lo cometía el pobre, el excluido, no el poderoso ni el que regía e imponía sus reglas a los vencidos en la Guerra Civil (1936-1939), acabada solo hacía 11 años. En temas sexuales, la pecadora era la mujer, no el hombre.

Ahora, Robert, llegando a la meta de su larga vida —cuando, según dicen los médicos, nada mejora con la edad, excepto lo de las enfermedades autoinmunes, algo que ellos sabrán lo que significa, ya que Robert no estaba muy interesado en saberlo—, tiene un catálogo, casi completo, de patologías:

Fibrilación auricular, apnea del sueño, epilepsia y gota. Además, lleva un año en tratamiento por un cáncer de próstata que le enviará, más temprano que tarde, a las estrellas del universo.

En realidad, según le dijo el Dr. Raven, oncólogo en el hospital de Brisbane, se irá antes de un año. Es un cáncer llamado terminal. Harto de ir a ese hospital, llamado Royal Brisbane and Women's Hospital, —en Butterfield St., Herston, Queensland, Australia—, ha decidido que no quiere quimio ni nada que se le parezca.

Pide que, «cuando venga la parca, se acabe todo de una vez». No quiere sufrimiento. Cree en la eutanasia. Está esperando a su hijo Alfonso, ya de 70 años, nacido en Melbourne en 1975, 16 años después de que Robert hubiera llegado a

Australia, con 9 años, junto con su padre, Enrique, su madre, María, y su amigo y hermano adoptado, Manuel Lozano, todos desde ese pueblo alcarreño, Retiendas, huyendo de una España atrasada, con desempleo, viviendo, todavía, la represión de la posguerra, acabada en 1939.

Su padre, Enrique, les recordó, cuando estaba ya en Australia, un día, en el Victoria Market, de Melbourne, que él tenía solo 13 años cuando estalló la Guerra Civil y 16 cuando acabó. Les contó también, a Robert y a Manuel, que cuando él, Enrique, era ese adolescente, en Retiendas, su amigo de la infancia, Rodolfo, había perdido a su padre en la batalla de Guadalajara, y que su otro amigo, Félix, tenía a su padre prisionero, en 1938, en un campo de concentración franquista, muriendo allí, en 1939, antes de que acabara la Guerra Civil el 1 de abril de 1939.

Robert, si llega el momento del inútil sufrimiento, desea esa eutanasia. No quiere seguir siendo testigo de todos aquellos familiares, amigos, vecinos y antiguos compañeros de trabajo que ya se fueron y se le van yendo a esas estrellas. Prefiere irse en paz, rodeado de su hijo, su nieto y su cuidadora, Andrea.

Eligió, hace ya años, tener su casa de verano, en Bribie Island, en el estado de Queensland, cerca de Brisbane, aunque su casa familiar está en Melbourne, porque le gustó la historia que apoya su nombre.

La leyenda dice que esa isla, a unos 55 kilómetros al norte de Brisbane, en Moreton Bay, con 34 kilómetros de largo y 8 anchos, con playas paradisíacas listas para el surf, nadar, navegar y pescar, con arenas blancas, con aguas azules, morada de ballenas y algún que otro tiburón, se llama así por un antiguo preso británico llamado Bribie que, cuando acabó su condena, se fue a vivir a esa isla, casándose con una mujer aborigen. Por lo visto, hacían cestas y cestos para venderlos luego. De eso vivían. Hay otras versiones para explicar el nombre de Bribie a la isla, pero a Robert le gustó esa. Era mucho más romántica esa historia.

Mirando al océano Pacífico y al sol naciente, empezó a recordar su época escolar cuando era adolescente, en Caulfield Grammar School, en Melbourne, cursando los seis años de la *High School* —equivalente al Bachiller elemental y superior de la España de los años 50 y 60—, antes de ir a la universidad, donde el profesor de Historia de Australia, Frank Mact, quien también había emigrado a Australia desde España, pero en los años 50, les había explicado con detalles, fechas y datos, que Australia, para los británicos, desde el siglo XVIII, había sido no una mera colonia, sino un presidio a donde enviaban a sus convictos desde Gran Bretaña.

La casa de Robert, ya viudo de su esposa, María, desde el año 2017, en realidad, estaba en una de sus playas, llamada Bongaree Beach, con un parque y, ahora, con demasiados turistas con un trato no muy agradable al medio ambiente con sus kayaks, tablas de surf, bicicletas, música, ruidos nocturnos, etc.

Sentado en el sillón, sin haber desayunado aún, solo con un vaso de agua caliente con algo de zumo de limón y media naranja, algo que solía tomar antes de su café con leche y una tostada con aceite de oliva, ajo untado y algo de miel, pasó a pensar, también, en su esposa, María, que había llegado, desde Salamanca a Australia, en 1962, con sus padres.

Se conocieron en el Club Español de Melbourne en 1970. Ambos tenían 20 años, estudiando en la universidad. Él estaba haciendo Políticas y Económicas. Ella cursaba Enfermería. Ella vivía en South Melbourne, y él, en Caulfield.

Cuando María acabó su carrera de Enfermería, comenzó a trabajar en el Queen's Victoria Hospital. Se casaron en 1974. Robert seguía estudiando tras acabar Políticas y Económicas. Quería ser diplomático.

Le encantaba la historia y las relaciones internacionales. Su hijo, Alfonso, nació en 1975. Robert comenzó a trabajar para el Ministerio de Asuntos Exteriores de Australia, en Canberra.

Compraron su casa en Canberra.

Su padre, Enrique Mendoza, nacido en 1923, fallecería en Australia a los 92 años, en el año 2015. La esposa de Enrique, María, nacida en 1927, fallecería en Australia en el año 2017, con 90 años. Enrique tenía 36 años cuando emigró a Australia. Su esposa, María, tenía 32 años.

Robert había nacido en Retiendas, Guadalajara, España, en el año 1950.

Robert tenía 9 años cuando llegó a Australia. La esposa de Robert, María, nacida en el año 1950, al igual que él, falleció en el año 2017 con 67 años, tras haber vivido en Australia todos esos años, desde 1959.

Ambos tenían su casa familiar en Caulfield, Melbourne.

En 1962 había nacido Patricia, la hermana de Robert, quien sólo vivió 10 años, ya que falleció en 1972, en un accidente de tráfico en la llamada Dandenong Road de Melbourne, cuando iba con los padres de una amiga y su amiga Susan camino de un campamento de verano. Los arrolló un camión, muriendo los 4. Desde ese 1972 hasta la muerte de María, esa madre de Robert y Patricia, en 2017, estuvo en tratamiento por depresión, con dos intentos de suicidio. Había perdido a su hija en 1972 y a su esposo, Enrique, en el año 2015.

Robert había comprado su casa en el año 2005, o sea, hace 40 años, cuando él tenía 55 años, acercándose a su jubilación como diplomático australiano.

Su esposa, María, había disfrutado de esa casa, de Bribie Island, solo 10 años, falleciendo en 2015, a los 65 años de edad, de cáncer de mama.

Robert, antes de que llegara su hijo, desde Melbourne, donde vivía, ya en la casa de sus abuelos ya fallecidos, comenzó a hacer una relación lista-mental de todas esas personas que se le habían ido a las estrellas: familiares, amigos y enemigos, vecinos, compañeros, etc. Por supuesto, esa lista la encabezaban sus padres:

Enrique y María, su hermana Patricia, su esposa— también María—, su amigo y hermano adoptado, Manuel Lozano —4 años mayor que él, nacido en 1946, fallecido en el año 2020 a los 74 años, de cáncer de pulmón—, sus compañeros del Ministerio de Asuntos Exteriores, como Robert Taylor, Lance Smith, Susan Field, etc., sus vecinos de Canberra, como Victoria y Robert Swan, Marcel Barrett, etc.

Le quedaba su hijo Alfonso, nacido en 1975 y su nieto Ken, nacido en el año 2005, ya con 40 años, abogado del Estado en Perth, al oeste de Australia, al que veían poco, ya que, según él, «trabajaba demasiado, sin tiempo para visitar a la familia». Además, se había casado con Verónica, hija de emigrantes checos, también abogada. De momento no tenían hijos.

También tenía a su nieta Esther Mendoza, nacida en el año 2006, diputada en el Parlamento Australiano, por el Partido Laborista.

Llegaría a ser Ministra de Igualdad en los años 40 del siglo XXI.

¿Se acabaría ahí la saga de los Mendoza?

La lista, repasando a los seres queridos que se habían marchado al otro mundo, era interminable. Él veía en esa lista un castigo por haber vivido tantos años, habiendo sido testigo de cómo todos y todas se iban yendo, muchos en silencio, con patologías como la ELA, con incluso alzhéimer, demencia senil, y muchos otros, víctimas del COVID-19, en los años 2020 a 2022.

Dejó de pensar en ello y se concentró en un prospecto informativo sobre la isla, que tenía hacía muchos años. Decía: «Bribie Island tiene un parque nacional y un parque marítimo. Tiene unos 19 000 habitantes, de los cuales 600 son aborígenes australianos. Tiene bosques, con su flora y fauna».

En el año 2005, cuando se rodó la película *The Great Raid* en esa isla, Robert fue uno de los extras, vestido como prisionero de guerra americano, en el papel de doctor militar en un campo de concentración japonés. La película narra cómo se liberó a esos presos. La historia real tuvo lugar en Filipinas, en la II Guerra Mundial.

Al sur, la isla se junta con el mar de Tasmania. Al norte, con el mar Solomon, y al este, con el Pacífico. Robert, en sus buenos tiempos, cuando compró la casa, era muy aficionado al surf y a la pesca, gozando de la vista de los fondos de coral, sus arrecifes y playas.

En el columbario llamado Bribie Island Memorial Gardens, Robert tiene solo a su esposa, María, y a su amigo y hermano, Manuel Lozano.

Sus padres, Enrique Mendoza y María Mendoza, están enterrados en Melbourne, junto a Patricia, su hermana, donde está la casa familiar, que era de sus padres.

Manuel Lozano, 4 años mayor que él, pero que falleció a los 74 años, en el año 2020, nació, como Robert, en Retiendas, en 1946. Manuel, el mejor amigo de Robert, había emigrado con ellos como hijo adoptivo, en 1959, a los 13 años, ya que se había quedado huérfano en mayo de 1958, con solo 12 años, cuando sus padres fallecieron en un accidente de tráfico, en la carretera entre Marchamalo, otro pueblo de Guadalajara, y esta capital.

Manuel fue, con Robert, a Caulfield Grammar School, estudiando luego Económicas en Monash University, Melbourne, y acabando por trabajar en el banco ANZ. Era homosexual. Nunca lo ocultó. No se le conoció pareja alguna. Le gustaba la lectura y la música. No es que fuera antisocial, pero se le percibía un cierto trauma de la infancia, al margen de la muerte de sus padres en ese trágico accidente, que lo dejó solo en el mundo, aunque la familia de Robert lo acogió rápidamente.

Permaneció soltero toda su vida. Su única familia fueron Robert y sus padres, aparte de Patricia, la hermana de Robert.

Robert, esa mañana de su cumpleaños, con sus recuerdos —ese puente que une nuestro pasado con el presente, esperando pacientemente el incierto futuro—, tras no haber dormido bien, en ese amanecer llamó a su ama de llaves y cuidadora, Andrea, de 50 años, hija de emigrantes griegos, a quienes había conocido y contratado en Melbourne hacía unos 10 años, cuando, con 85 años entonces, su doctor de cabecera le había dicho que tenía que caminar más, algo que empezó a hacer día a día, ayudado por Andrea.

Le pidió a Andrea que desayunaran juntos. Le recordó también que esperaban a su hijo Alfonso, nacido en 1975, cuando Robert tenía 25 años, estudiando en Monash University, Melbourne, Políticas y Económicas.

Alfonso, ya jubilado, como su padre, ya con 70 años, tras una larga carrera como diplomático australiano, al igual que su padre, Robert, estaba muy apegado a él. Se llevaba muy bien con él. Además de padre, había sido su faro, iluminando el futuro de su carrera y trabajo en la vida. Siempre quiso ser lo que había sido su padre: diplomático, al servicio de Australia, donde había nacido en ese 1975, el mismo día en que había muerto el dictador Francisco Franco en España, o sea, el 20 de noviembre. Tenía doble nacionalidad: australiano y español, como su padre y su madre, además de su abuelo, Enrique Mendoza, y su abuela, María Mendoza, quienes eran los que emigraron a Australia en 1959, junto con Robert, de 9 años, y Manuel Lozano, de 13 años.

Los padres y abuelos de Robert Mendoza habían nacido, además de las anteriores generaciones, en Retiendas, Guadalajara. Fueron todos una saga de herreros y carpinteros, aunque algunos fueron también carniceros, a lo largo de unos 400 años, en ese pequeño pueblo de agricultores y pastores.

Su padre, Enrique Mendoza, había nacido en 1923, o sea, el mismo año en el que Miguel Primo de Rivera, otro dictador de nuestra España. Entre ese 1923 y 1928, le había dicho al rey Alfonso XIII: «Majestad. Ahí tranquilito. No enrede, que esta España la arreglo yo acabando con todas las disputas y peleas entre estos políticos inútiles».

Su madre, María Mendoza, nacida en 1927, tenía un año cuando acabó la dictadura de Miguel Primo de Rivera, en 1928. El abuelo de ese dictador, José Antonio Argudín, en Cuba, había hecho su gran fortuna como negrero y esclavista en el siglo XIX en las plantaciones de azúcar, llamadas ingenios, a pesar de que la esclavitud ya había sido abolida en todo el mundo occidental.

—Buenos días —dijo Robert a Andrea.

—¿Desayunamos?

—Sí, ahora lo preparo —respondió ella.

Andrea era viuda, sin hijos. Sus padres habían emigrado a Australia desde una Grecia devastada por la II Guerra Mundial, en 1949. Ambos ya fallecidos, habían vivido en Perth, una ciudad al oeste de Australia. Durante 24 horas era la cuidadora de Robert.

Sabía que ese trabajo no le duraría ya mucho, ya que su patrón, Robert, estaba viendo su final en este planeta. Le trataba con esmero, cariño y dedicación, como una madre a un hijo, no como una cuidadora a un «viejo». Le preparaba su pastillero semanal, su ropa interior y exterior. Le organizaba sus paseos, cómo y cuándo. Andrea fue una bendición para los últimos años de Robert en este mundo.

Ambos estaban esperando la llegada de Alfonso, quien venía solo desde Melbourne. Todavía, a sus 70 años, conducía su propio coche eléctrico, automático.

Tras el desayuno juntos, que no revueltos, Robert y Andrea fueron a dar un pequeño paseo por la playa, sentándose en un banco, frente al mar. Alfonso llegaría en su coche desde Melbourne sobre las 12 del día, para comer temprano y escuchar a su padre hablar sobre la historia de la familia. Siempre iba con su bloc de notas y su bolígrafo. Le gustaba lo que su padre le contaba. Era como un niño deseoso de saber, todavía, a sus 70 años.

Aunque era el verano australiano, Robert hacía tiempo que había dejado las actividades de playa, como el surf, el buceo e, incluso, el baño. Gozaba, simplemente, con ver el océano y alguna que otra ballena en la distancia, siempre sumido en esos recuerdos, de su infancia, juventud, sus seres queridos ya fallecidos y en su antigua vida laboral, como cónsul y embajador, por los 5 continentes. Solía leer libros de historia, en inglés y en español. Es algo que le relajaba. Prefería los libros en papel, más que los *e-books* modernos.

Volvieron a la casa. Era una vivienda amplia, con 4 habitaciones, su gran cocina, salón, patio-jardín delante y detrás, con una caseta-despacho en el jardín trasero, donde Robert guardaba todo eso que apoya documentalmente la historia de uno, de la familia, de los amigos, con papeles, fotos, etc.

En el salón colgaban algunas copias de los títulos, de los grados cursados en la universidad, además de una placa, concedida por el Ministerio de Asuntos Exteriores cuando se jubiló, ¡¡hacía ya 30 años!! También adornaba ese salón un jarrón que María, su esposa, había comprado en China, en uno de sus viajes. Él lo miraba de vez en cuando, como si el espíritu de María, estuviera, todavía, en esa pieza tan querida por ella.

Desde que ella murió, en ningún momento pensó en buscar ni encontrar a otra mujer que aliviara su soledad. La memoria de María lo acompañaría hasta su muerte. Se centró en la lectura, la reflexión, la escritura y la traducción. Miraba a las estrellas cuando el sol daba turno a la luna, diciendo:

—Ahí está mi María. Me está viendo. La estoy sintiendo.

Recordó que había «convocado» a su hijo Alfonso, ese día. Sí, «convocado» era una palabra de su antiguo mundo de la diplomacia que todavía usaba, incluso para decir que quería ver a su hijo, Alfonso, quien, tras acabar su carrera como diplomático, siendo embajador, en Roma, se había jubilado hacía solo 5 años.

Robert quería hablarle de los Mendoza: ¿Quiénes eran? ¿Antiguas generaciones? ¿Por qué emigraron a Australia?

Se suponía que Alfonso pasaría todo el sábado y el domingo con su padre y Andrea, volviendo a Melbourne el lunes por la tarde, tras la comida. Alfonso se había casado con Verónica, hija de emigrantes checos. Su hijo, Ken Mendoza, nació en el año 2005. Ahora, con 40 años, abogado laboralista, trabajaba para el Ministerio de Trabajo, en Canberra. De momento, permanecía soltero. No se le conocía pareja alguna, aunque sí tuvo su novia de juventud, Carla, hija de emigrantes italianos en Melbourne.

También, en el año 2006, nació Esther, que se dedicó a la política, afiliada al Partido Laborista. Le gustaba escuchar lo consejos de su abuelo; Robert, al que visitaba, al menos, una vez al año, en Bribie Island.

Tendrían bastante tiempo para recorrer algo la genealogía e historia de la familia Mendoza.

Robert, como le había informado su neurólogo, el doctor Wang, hijo de emigrantes chinos, no tenía demencia senil, ni alzhéimer, ni pérdida cognitiva alguna. Solo había perdido algo de memoria biográfica. O sea, que no se acordaba de muchos hechos, datos y fechas de hacía 10, 20, 30, o más años. Se tenía que apoyar en todo lo que su padre, su abuelo, su bisabuelo, su tatarabuelo, etc. habían dejado escrito sobre los Mendoza. Eso, más lo que su memoria podía aún recordar, alimentaría lo que le iba a contar a Alfonso, para que este se lo transmitiera a su hijo Ken y a su hija Esther, y así, sucesivamente, en el futuro, a las demás generaciones.

Robert llevaba días preparando su charla con fechas, datos y hechos, pasando a limpio escritos de sus antepasados. Lo planeó todo para empezar en el siglo XV. Sí, un proyecto muy ambicioso, pero que serían los cimientos de esa historia de los Mendoza.

Sabía que se repetía, debido a su pérdida de memoria biográfica. Advirtió a su hijo de ello, pidiéndole paciencia «con un viejo y sus historias».

Alfonso fue puntual. Vino solo, sin su esposa o hijos. Saludó a Andrea. Abrazó a su padre. Se sentaron a la mesa. Comieron, ese sábado, alrededor de las 12:30.

A la 1:30, cuando el sol era ya el rey de la playa, Robert le propuso a su hijo el pasear por la playa para sentarse en un banco frente al mar, para así comenzar con la historia de los Mendoza.

—Antes de comenzar con el siglo XV, en adelante, quisiera explicarte, cuándo, cómo y por qué emigramos a Australia —le dijo Robert a su hijo, mientras salían hacia la playa.

—Muy bien, papá —dijo Alfonso.

Tras un pequeño paseo por la playa, se sentaron en un banco, a la sombra, con su mesa de nogal. Alfonso sacó su bloc de notas y su bolígrafo. Robert, con su cuaderno y su pluma.

Robert le dijo a Alfonso:

—Alfonso, para organizar bien la charla, pensemos que tú eres un periodista que me está entrevistando. Habrá preguntas y respuestas. La diferencia con una entrevista normal es que yo tengo ya las preguntas y esas respuestas, al margen de que tú me hagas alguna pregunta más sobre el tema que estemos tratando. Además, vamos a intentar enumerar las preguntas, ya que tengo toda la información ya numerada, no sólo por mí, sino por mi padre y mi abuelo. Será más fácil el navegar por nuestra historia si está organizado todo, esta vez con números. Mi escasa memoria biográfica lo agradecerá también.

—Bien, papá —contestó Alfonso.

Entre ellos hablaban en español. Los padres de Alfonso siempre habían intentado que sus hijos aprendieran la lengua cervantina, siendo al menos bilingües, al margen de que, por su formación como diplomáticos, se les hubiera exigido saber algo de francés, árabe y chino. Todo ese conocimiento les ayudaría en su mundo laboral y en sus relaciones sociales. Desgraciadamente, como ya se ha mencionado, Patricia, hermana de Alfonso, no había llegado a ser adulta.

—¿De dónde venimos los Mendoza?

—Venimos de un pueblo pequeño, llamado Retiendas, en la provincia de Guadalajara, en la comunidad autónoma de Castilla-La Mancha, España. En su momento llegó a tener hasta casi 70 casas, con unos 200 habitantes. Ahora solo quedan pocas casas, con unos 40 habitantes. Está en la fría, pero atractiva, Sierra Norte de Guadalajara, a casi 900 metros de altitud. Es de origen medieval.

»Consiguió su independencia de Tamajón en 1818.

—¿Qué significa eso de la independencia? —preguntó Alfonso.

—Ten en cuenta, Alfonso, que, desde el siglo X, más o menos, hasta el XIX, muchos de los pueblos y aldeas de España no eran municipios. O sea, no tenían ayuntamientos. Eran una posesión de un aristócrata o del rey. Ellos eran los dueños de esos pueblos o aldeas, de sus gentes, de su ganado, de sus tierras, etc. Podían venderse y comprarse entre esos marqueses, condes, duques, etc., y hasta el rey o reina, esos pueblos o aldeas, como el que vende o compra un burro.

»Retiendas era como una aldea de otro pueblo más grande, que era Tamajón. En ese 1818, ya pudo tener su ayuntamiento, con sus vecinos y vecinas, tomando decisiones sobre su vida, su ganado, sus pastos, qué sembrar, etc. Retiendas tiene un monasterio muy famoso, llamado Bonaval, de la orden del Cister, fundado en siglo XII. Los monjes se fueron a Toledo en el siglo XVIII. Quedó abandonado, en ruinas. En el año 2040 fue restaurado. Ahora viven 10 monjes en él. El pueblo tiene montes con robles y encinas. Tenía y tiene trigo, centeno, con huertas con patatas y judías. También hay leña para combustible y carboneo. Siempre tuvo y tiene algo de ganado lanar, cabrío, vacuno y asnal. Tenía y tiene liebres y conejos por el monte, algo que alimenta a los lobos y a los jabalíes de la zona. De hecho, los Mendoza, aparte de ser herreros, toda la vida, a lo largo de muchas generaciones, también tenían alguna que otra piara de cabras.

»Retiendas es la puerta de la arquitectura negra, con pueblos de Guadalajara como Majaelrayo, Campillo de Ranas, Valverde de los Arroyos, y otros, cuyas casas están construidas con pizarra de color negro.

»Retiendas es llamado el pueblo blanco, ya que sus fachadas no son de pizarra, sino blancas. Los muros de las casas están hechos con sillares o mampostería. Está atravesado por el río Jarama, que forma una vega con buenos pastos. También tiene su parque de La Fuente Antigua y el ayuntamiento. Ahora, creo que ese parque tiene zona de juegos infantiles, algo que no teníamos en mi época.

»Lo que sí recuerdo es que era un pueblo con muchos gatos, a los que yo acostumbraba a alimentar, aunque mi madre no les dejaba entrar en casa. Deambulaban delante del ayuntamiento. Vivían en huecos, de las casas y entre ellas. Es un animal más listo que el hambre.

»También se veían ratones de campo, que suelen ser más listos que los de ciudad. Saben buscarse la vida y acumular comida para un futuro, cuando haya escasez de ella. Recorren los pueblos, como si fueran un turista despreocupado buscando un buen restaurante.

»En todos los pueblos y aldeas de España, la iglesia parroquial suele ser el edificio más alto y principal. La de Retiendas está en la calle Mayor, con la talla de la Virgen Blanca, de estilo gótico. Se llama la Iglesia de San Juan Bautista. Cada pueblo tiene sus fiestas, que están siempre ligadas a celebrar su patrono o patrona.

»En Retiendas se celebra la Botarga de las Candelas el 2 de febrero, cuando un personaje disfrazado, de rojo y amarillo, recorre el pueblo pidiendo dinero, que guarda en una castañuela. Salta, se revuelca, chilla, quiere asustar a todo el mundo. Mete en un saco unas cenizas que luego tira a mujeres y niños. Sale, entra y bailotea en una procesión, detrás de la Virgen, gritando: «¡Viva la Virgen santísima!».

»Por la tarde sigue la Botarga, subastando las ofrendas; en realidad, dulces preparados por los vecinos y vecinas. También hay Botargas infantiles. Los niños y niñas disfrutábamos mucho en fiestas como esa.

»El pueblo más grande, al que mi padre solía ir en burro para entregar unas herraduras, rejas, picos, palas, etc., que había fabricado en su fragua, era y es Cogolludo, con su palacio ducal, mirando al pico Ocejón, de 2048 metros. Desde allí, a veces, mis padres se iban a merendar, antes de volver a Retiendas, al llamado pantano de El Vado. Mi padre tenía un primo, también herrero, llamado Félix, que vivía en otro pueblo de pizarra, llamado Robleluengo, al que solían visitar también, sobre todo en sus fiestas.

»Entonces, los lugareños iban de pueblo en pueblo, andando, en mulo o en burro, y algunos en carros, también fabricados por mi padre, ya que conocía la carpintería, además de la herrería o fundición, ya que son dos oficios primos hermanos. Entonces esos vecinos y vecinas no tenían médico rehabilitador que les dijera que el andar es bueno para la salud. Tenían que hacerlo por necesidad, para ir a trabajar al campo, o a otro pueblo, al monte, al bosque, a los pastos, a vigilar el ganado, etc.

»Mis padres vivían en la calle Curato. En Retiendas solo hay cuatro o cinco calles: la calle Mayor, la calle Curato, Vega, Callejuela, Solaná, Iglesia y Huerta Judas.

»A veces, mis padres nos llevaban a mí y a mi amigo y luego hermano adoptado, Manuel, a Tamajón, en burro, para el mercado medieval del mes de mayo.

»También tiene sus puentes, como el de Los Frailes.

»Los turistas, ahora, hacen algo de senderismo, andando hasta ese puente.

»El río Jarama es un afluente del río Tajo. Nace en la llamada Peña Cebollera. Tiene unos 200 kilómetros. Discurre por las provincias de Guadalajara y Madrid. También tiene sus propios afluentes, como:

»El Lozoya, el Guadalix, Manzanares, Jaramilla, Henares y el Tajuña. Desemboca en Aranjuez, Madrid, en el río Tajo. Recuerdo, con nostalgia, algo que acariciamos los viejos, con los años, cuando mis padres nos llevaban, junto a otros niños y niñas, por los márgenes del Jarama. Cuando el río Jarama entra en la provincia de Guadalajara, como invitado madrileño, lo hace atravesando la llamada pizarra siluriana, llegando hasta ese convento de Bonaval, en Retiendas, para irse luego a Tamajón, camino de Sigüenza. Cuando se une con el Lozoya, ya es la frontera entre Madrid y Guadalajara.

»En Retiendas, con toda esa flora, fauna y naturaleza, con sus habitantes que te he explicado, en el siglo XV vivía nuestro antepasado, Simón Levy, también herrero, junto con su hermano Solomon. El resto de los habitantes eran todos cristianos, con su Iglesia. Ellos no tenían sinagoga, solo sus libros sagrados, la Torá y el Talmud.

»No eran judíos ortodoxos, pero les gustaba leer sus libros sagrados, enseñándomelos a mí y a Manuel, aunque él era cristiano.

—Papá —interrumpió Alfonso—, ¿me estás diciendo que nuestros antepasados eran judíos? ¿Nosotros somos judíos? ¿Por qué nos llamamos Mendoza? ¿Es un apellido cristiano?

—Escucha, Alfonso —dijo Robert—. Son ya las 7 de la tarde. Las estrellas irán saliendo pronto para competir con el sol. Nos vamos a casa. Cenamos algo, y a las 8:30 más o menos, seguimos con la historia de los Mendoza, contestando a esta tan pertinente pregunta, que no me pilla por sorpresa que me la hagas. Lo estaba esperando. Te enterarás en casa, tras la cena.

Eso hicieron. Llegaron a la casa. Andrea había preparado una sopa para los tres. Cenaron juntos. Tras una ensalada y piña, de postre, Andrea se retiró a descansar. Padre e hijo se fueron al salón, con la mesa ovalada de nogal. Se sentaron uno frente al otro. Robert, con sus papeles y legajos más algunas fotos, algo que pensaba entregarle a su hijo al final de ese fin de semana. Alfonso sería el depositario de la historia de los Mendoza a partir de ese fin de semana de diciembre de 2045, con la misión de pasarlo todo a su hijo, Ken, en su momento, como había hecho Enrique, su abuelo, entregando toda esa información a su hijo Robert, padre de Alfonso. Era la cadena informativa del navegar por el océano de la vida, de una saga llamada Mendoza.

—Escucha bien y toma tus apuntes, si lo deseas. Me puedes interrumpir con tus preguntas —le dijo Robert a su hijo.

»Sí, Alfonso. Nosotros somos judíos. Tenemos sangre judía. Somos descendientes de varones judíos, empezando por Simón Levy, judío converso nacido en 1462, fallecido en 1522, quien se casó con una judía llamada Esther, nacida en 1470, fallecida en 1525.

»Fueron los padres de Fernando Mendoza, quien, a su vez, fue padre de Roberto Mendoza, y así sucesivamente a través de los siglos, desde el siglo XVI hasta ahora, siglo XXI.

»Fernando Mendoza, nacido en 1491, fallecido en 1580, estuvo en la batalla de Lepanto, no cuando acabó, el 7 de octubre de 1571, sino mucho antes, ya que esa llamada «batalla», fue más bien una guerra de unos 50 años contra el Imperio otomano. Fernando fue como cocinero, en la galera Santa Isabel, en el año 1540. Muchos compañeros de armas de los pueblos cercanos, de Guadalajara, fallecieron en esa guerra. Él consiguió sobrevivir. Volvió a Retiendas en 1542. El Imperio otomano perdió, en Lepanto, Grecia, todo su poderío ante la llamada Liga Santa, o sea, el mundo cristiano europeo, con España a la cabeza, ese 7 de octubre de 1571.

»Miguel de Cervantes tenía 24 años en esa batalla de Lepanto, quedando manco del brazo izquierdo, tras un arcabuzazo de los otomanos. Al final de esos 50 años, la Liga Santa había perdido a 7650 soldados-marinos, con 7784 heridos y 15 galeras perdidas.

»Los otomanos lo tuvieron peor: 30 000 muertos, 8000 heridos y 160 galeras capturadas. El gran ganador de esa batalla fue el rey Felipe II de España.

»En 1519, Magallanes, con 5 naves y 239 hombres, dio la vuelta al mundo. Murió en un combate. Sebastián Elcano completó el viaje, ¡¡volviendo solo con 18 hombres!!

»En 1582 comenzó el calendario juliano, que es el que rige, ahora, el mundo cristiano.

»Todas esas generaciones fueron herreros, algo de carpinteros, además de pastores, con ovejas y cabras. Vivieron de su fragua, con sus yunques o bigornias, machos, machotas, martillos, bidón para templar el hierro, fabricando herraduras, rejas, clavos, picos, palas, incluso carros. Yo mismo, antes de llegar a Australia, con 9 años, en 1959, ya había ayudado algo a mi padre, Enrique Mendoza, en la fragua, dándole al macho, con 7 y 8 años. En ese yunque, que, para mí, era un gigante de hierro, mi padre martilleaba, mientras que yo golpeaba con el macho, todo a ritmo, para fabricar todo lo que los aldeanos vecinos le habían encargado, no solo de Retiendas, sino de los pueblos cercanos.

»Vámonos al año 1492. En España había unos 300 000 españoles que no eran cristianos, sino judíos, pero sí, eran españoles; banqueros, comerciantes, artistas, consejeros de los reyes y la aristocracia, médicos, etc. Contribuían mucho a la riqueza y el desarrollo de nuestro país, España. También lo hacían en el resto de Europa. Formaban parte de esa fibra social que necesita la sociedad para avanzar. Pero había un problema. Este problema era la santa Iglesia católica apostólica y romana, con el papa de Roma a la cabeza, los Reyes Católicos, Isabel y Fernando, y personajes que odiaban a los judíos, como Tomás de Torquemada con su tribunal inquisitorial, persiguiendo a todo aquel que no fuera CRISTIANO VIEJO, o sea, de toda la vida; había que exterminarlo, expulsarlo o invitarlo a hacerse cristiano, llamándolo entonces CRISTIANO NUEVO, CONVERSO O MARRANO, quien siempre, aunque se convirtiera al cristianismo, iba a ser sospechoso de, en su casa, en su cueva, en su oscuridad, seguir siendo judío, leyendo su Torá y Talmud, honrando a su dios, llamado Jehová, no a Cristo, hijo del Señor.

»Además, algunos de esos judíos eran lo que hoy se llama banqueros, entonces prestamistas, que prestaban dinero a la aristocracia y a los monarcas. Una forma de no pagar esa deuda era expulsarlos de España por no ser cristianos. Así, la Iglesia se quedaba contenta con su parcela libre para seguir predicando su Evangelio y los deudores se quitaban de encima su deuda. El resto del pueblo cristiano —la mayoría pobres, analfabetos, esclavos de sus señores, labrando las tierras de esa aristocracia, sirviendo a sus caciques, condes, marqueses, duques, etc., además de a los monarcas— no contaba para nada. Solo se les pedía ser obedientes, serviles, morir en las batallas e ir a misa, confesando sus pecados, comulgar, y así salvar su alma, ya que su cuerpo sufría hambre y miseria en un mundo pobre, con una desigualdad extrema. Además, esa aristocracia incitaba a esos pobres campesinos y ciudadanos a perseguir, matar y torturar a los judíos, diciéndole al pueblo: «Pasáis hambre y miseria porque los judíos tienen todo el capital y el poder. ¡A por ellos! ¡Matadlos!».

»Eso ocurría en toda Europa. Los campesinos se creían esa historia y se convertían en verdugos del mundo judío. Así ocurrió cuando los Reyes Católicos, el 31 marzo del año 1492, firmaron, en Granada, el Edicto de expulsión de los judíos de Castilla y Aragón, que era entonces lo que dominaban como territorio, además de Andalucía.

»Les dieron solo 4 meses para irse fuera de esa España, hasta julio de 1492, dejando, por supuesto, sus casas, su dinero, sus joyas, su vida, sus talleres, etc.

»En ese 1492, también, esos Reyes Católicos, conquistaron Granada, el reino nazarí de Boabdil, tras una guerra de 10 años, entre 1482 y 1492.

»También coincidió ese 1492 con el descubrimiento de América por Cristóbal Colón, que no buscaba América, sino otra forma de llegar a las Indias, pero «le pusieron América» en medio, topándose con ella.

»Sí, los judíos tenían solo hasta finales de julio para desaparecer del mapa español, de Castilla y Aragón. Inglaterra ya lo había hecho en 1209. Francia, en 1306. Todo perseguía «la unidad religiosa, con el cristianismo como rey del mambo».

»Ya en 1391, Ferrán Martínez de Écija había promovido el asalto a la judería de Sevilla. Luego fueron las de Córdoba, Jaén, Valencia, Toledo, Barcelona, y muchas más juderías de la actual España.

»Miles de judíos tuvieron que elegir entre la conversión al cristianismo, la expulsión, y hasta la muerte.

»En 1478 se había instaurado la Inquisición para perseguir a los «que seguían judaizando en secreto». La presencia de los judíos no conversos, según la Iglesia católica, era una mala influencia para los conversos.

»Más 100 000 judíos, en esos cuatro meses, se tuvieron que ir al norte de África, convirtiéndose, a lo largo de los siglos, en judíos marroquíes, tunecinos, argelinos, etc. También se fueron a Portugal, Países Bajos e Italia. Muchos llegaron al Imperio otomano, que duraría desde el siglo XIII hasta 1922. El emperador turco Bayaceto II no solo los recibió con agrado, sino que dijo que «cómo esos tontos de reyes cristianos habían expulsado a tanta mano de obra profesional, formada, artistas, médicos, etc.», algo que él veía como una riqueza para su Imperio otomano, como así fue.

»La lengua española hablada por esos judíos expulsados, llamados sefardíes por su tierra, la que ellos esperaban, como nación, era España. La Sefarad Bíblica se convirtió en la lengua franca del mundo conocido, hasta el siglo XVII, lo que ahora es el inglés. Todo gracias a ese mundo judío sefardí.

»La restitución de la deuda histórica con el pueblo judío fue una ley española, Ley 12/2015 del 24 de junio, concediendo la nacionalidad española a esos sefardíes originarios de aquella España intolerante, sobre todo a los que vivían en el norte de África y a lo largo de todo el mar Mediterráneo.

»En realidad, eso era devolverles una nacionalidad española que los Reyes Católicos, en connivencia con la Iglesia católica y toda la aristocracia de entonces, les habían robado a esos españoles judíos.

»Hubo más expulsiones: del reino de Navarra, en 1498; de Portugal, en 1497..

En Sevilla hay un Monumento a la Tolerancia, ubicado en un lugar donde fueron quemados vivos 5 judíos.

»Hay muchos apellidos españoles, de cristianos españoles con sangre judía desde entonces: Abrahán, Acevedo, Acosta,

Aguado, Aguilar, Alarcón, Alba, Aldana, Alcalá, Alegre, Alfonso, Alfaro, Almeida, Alonso, Álvarez, Anaya, Aranda, Machado, Mendoza, Talavera, Toledo, Valero, Vidal, Zaragoza, Zúñiga, y así seguiríamos hasta unos 5000 apellidos.

»Nuestro antepasado, Simón Levy, optó por ser un converso, o sea, no se marchó de España, aunque conservó, en secreto, su Torá y Talmud. Cuando se convertían al cristianismo, en ese bautismo, en la pila bautismal, tenían que cambiarse el nombre por uno cristiano.

»Simón eligió llamarse Roberto Mendoza de la Serna. Su esposa Esther Benaguin, de Usanos, Guadalajara, se llamó Isabel. Su hijo pasó a llamarse Fernando Mendoza (1491-1580).

»Siguió viviendo en Retiendas como herrero. Su hermano Solomon eligió marcharse, como judío sefardí, al norte de África. No se supo más de él desde ese junio 1492, cuando se fue con su familia.

»Simón, ya Roberto Mendoza de la Serna, nombre cristiano, había perdido a un hermano y su familia por culpa de ese Edicto de los Reyes Católicos en marzo 1492.

»Esther, Isabel, murió en 1500, por una epidemia de cólera, a los 35 años de edad. Simón falleció en 1522, a los 60 años.

»Su hijo, Fernando (1491-1580) heredó la herrería, siguiendo con sus cabras y su fragua. Se casó con Carmen Blas, otra judía conversa, de Fuentelahiguera de Albatages, Guadalajara, nacida en 1500, fallecida en 1560.

»Roberto Mendoza, su hijo, nació en 1530, falleciendo en el año 1600. Su padre, Fernando, ya había muerto en 1580. Roberto estuvo en la isla de Cuba entre los años 1570 y 1580, trabajando de herrero. Volvió a Retiendas para quedarse hasta su muerte, en ese 1600.

»La fragua seguía adelante con las siguientes generaciones, ya que Roberto se había casado con una cristiana, llamada María Álvarez, de Marchamalo, Guadalajara (1537-1625). Tuvieron un hijo al que llamaron José Mendoza (1560-1630), quien se casó con una judía conversa llamada Ana Blázquez, de Campillo de Ranas, Guadalajara (1570-1635).

»José Mendoza era poco amigo de la fragua, aunque hacía algunos trabajos, como herraduras. Le gustaba el ganado cabrío, llegando a tener una piara de 200 cabras que heredaría su hijo Francisco Mendoza (1595-1675), quien se casó con otra conversa, Isabel Ortega, de Azuqueca de Henares, Guadalajara (1615-1700).

»Tuvieron solo un hijo, llamado Alejandro Mendoza (1630-1704).

»Alejandro se casó con Susana Fernández, de Retiendas, (1635-1708), cristiana vieja. Tuvieron una hija, Esther, que murió de una diarrea a los dos años, y a Enrique Mendoza (1670-1740), quien se casó con Rosario Fernández, de Retiendas (1676-1760), cristiana vieja. Tuvieron dos hijos varones: uno llamado Francisco y el otro Gabriel (1700-1785).

»Enrique Mendoza, con 34 años, luchó contra los ingleses, en la Guerra de Sucesión, cuando perdimos Gibraltar, en 1704. Fue herido. Volvió a Retiendas y se dedicó al pastoreo con cabras y ovejas, ya que no podía trabajar de herrero habiendo perdido el brazo derecho en su lucha contra los ingleses.

»Francisco murió en la fragua, en un incendio, se cree que provocado por algunos cristianos viejos al grito de: «¡fuera, judíos, marranos!».

»Hasta Gabriel, todos esos varones Mendoza habían seguido con su fragua. Gabriel se especializó en fabricar carros para el ejército, con un contrato que le llevó toda la vida, además de tener una pequeña piara de cabras —de unas 50, más o menos—.

»Gabriel se casó con Ana González, de Usanos, Guadalajara (1709-1800), judía conversa. Tuvieron a una hija, llamada Isabel, en 1735, quien se fue a Francia a vivir con un cristiano llamado Ramón, que era hojalatero. No la volvieron a ver.

»Gabriel, si hubo nietos, no los llegó a ver tampoco. También, en 1745, les nació un varón, Félix Mendoza (1745-1808), quien siguió con la fragua y las cabras.

»Félix se casó con Amparo García, de Cogolludo, Guadalajara (1765-1818), cristiana vieja.

»En 1786 les nació Alfonso Mendoza, quien fallecería en el año 1845.

»Félix Mendoza se hallaba en Madrid cuando los franceses fusilaron a patriotas españoles en 1808, en la guerra de la Independencia. Había ido a entregar unas rejas que había hecho para un amigo de Ciempozuelos, quien le llevó a Madrid, capital que Félix no conocía aún. Resultó estar en el sitio equivocado en el día equivocado, con los fusilamientos de esos patriotas españoles.

»Él fue una de las víctimas de la invasión napoleónica, en esa matanza, en Madrid.

»Esa guerra de la Independencia duraría hasta el año 1814, con Napoleón siendo derrotado en el año 1815 en sus guerras a lo largo de Europa.

»Alfonso se había casado con María Cerrada, de Retiendas, cristiana vieja.

»Alfonso, durante las guerras carlistas, entre 1833 y 1876, permaneció en Retiendas. Fallecería, en el año 1840, a los 75 años. En 1837, con 72 años, fue amenazado por los isabelinos, que luchaban contra los liberales. Se le obligó a fabricar carros para esos isabelinos, carros que nunca pagaron.

»La Reina Isabel II, llamada la de los Tristes Destinos o la Reina Castiza, reinó desde 1833 a 1868. El hermano de Fernando VII, Carlos María Isidro, había perdido la última guerra carlista.

»España se desangró inútilmente. Entre 1873 y 1874 tuvo lugar la I República. Luego, entre 1874 y 1885, reinaría Alfonso XII llamado el Pacificador. Su hijo, Alfonso XIII, llamado el Africano, reinaría entre 1886 y 1931, cuando se proclamó la II República, que duró hasta 1936.

»Mientras que en la España rural, con más de 8000 pueblos y aldeas, a lo largo de los siglos solo había habido analfabetismo, rigor eclesiástico del catolicismo y mucha esclavitud, siempre al servicio de los terratenientes y toda la aristocracia, dueña de las vidas y tierras de los campesinos, que, de sol a sol, trabajaban para esos señores y sus caciques en esos pueblos, en Madrid, sobre todo en el siglo XIX y el XX, hasta 1936, se peleaban, en las tribunas, los políticos de los distintos partidos, echándose los trastos a la cabeza, los unos a los otros, para acabar en una guerra civil, en 1936, que nos llevó a una dictadura de casi 40 años, repitiendo los errores históricos de aquellas guerras carlistas.

»No es extraño que, más tarde o más temprano, más de 2 millones de españoles y españolas emigraran, buscando un mundo en paz para criar a sus hijos, algo que haría Robert Mendoza en 1959, en medio de la represión franquista, con el hambre, la pobreza, la miseria y la cartilla de racionamiento, pero, por supuesto, sin dejar de ir a misa, siendo «un buen cristiano, obediente a tu señor, dueño de las tierras que tú labrabas».

»¿En ese siglo XIX? ¿Los Mendoza?

»En 1808, Félix, hijo de Gabriel, con 63 años, al ir a entregar un carro al Ejército español, los franceses de Napoleón lo habían matado, cerca de Tamajón, para robarle ese carro.

»El hijo de Félix Mendoza, Alfonso Mendoza (1786-1845) heredó la fragua y una piara de cabras.

»Alfonso se casó con Marcelina García, de Sacedón, Guadalajara (1775-1860), cristiana vieja.

»Fueron los padres de José Mendoza (1806-1868), quien siguió con la fragua, aunque también le gustaba la zapatería, convirtiéndose en un zapatero remendón en toda la región, incluyendo los pueblos de pizarra. El Ejército español dejó de pedir carros a esa fragua.

»Según le dijo un general a José Mendoza, había poco presupuesto tras la guerra contra Napoleón.

»José Mendoza se casó con Raquel Aranda (1805-1875), judía conversa, de Majaelrayo, Guadalajara.

»Raquel tuvo a Isabel en 1828, quien murió en el parto.

»En 1825 ya les había nacido Enrique Mendoza, quien fallecería en el año 1900.

»Enrique montó otra fragua, con un socio, en Valverde de los Arroyos. El socio, Fernando Almeida, era más bien carpintero. El Ayuntamiento de Guadalajara les hizo un encargo de 20 carros en 1830. El negocio iba bien. Enrique compró una casa también, en Guadalajara, cerca de la actual estación.

»Enrique conoció a Isabel Fernández (1830-1910), cristiana vieja, de Retiendas.

»Roberto Mendoza les nació en 1865, falleciendo en 1917, en la I Guerra Mundial. A Roberto no le gustaba mucho la fragua ni el campo. Se fue a Francia, casándose con Soledad Almunia, cristiana vieja (1870-1928), hija de emigrantes españoles en Francia.

»Roberto, en 1902, ya tenía nacionalidad francesa. Entró en el ejército francés, muriendo en ese 1917, luchando contra los alemanes.

»Soledad y él habían tenido solo un hijo, llamado José Mendoza, nacido en Francia en 1900, falleciendo en Guadalajara en 1937, durante nuestra Guerra Civil (1936-1939).

»Tenía doble nacionalidad. En 1925 había vuelto a Retiendas, trabajando en la fragua de sus padres, abuelos, bisabuelos, etc. Era republicano. En 1936 era cabo en el Ejército republicano.

»Mi abuelo, José Mendoza (1900-1937) se casó con Catalina Blas, cristiana vieja (1905-1950), costurera, en Guadalajara. Ella tenía solo 17 años. Él, 22 años.

»En el año 1923, el año en que comenzó la dictadura de Miguel Primo de Rivera, nació mi padre, Enrique Mendoza, quien fallecería, ya en Australia, en el año 2015, a los 92 años de edad.

»Mi abuela Catalina tenía solo 18 años cuando parió a mi padre. Mi abuelo, José, 23 años de edad; ese abuelo, trabajador y buen abuelo, padre y marido, no sabía, cuando mi padre, Enrique, nació, en ese 1923, año ya de dictadura y corrupción política, que, 13 años más tarde, en 1936, comenzaría una guerra civil que lo llevaría a la tumba, como a miles de españoles y españolas, tanto militares como civiles, entre ellos niños, niñas, mujeres y ancianos.

»En ese 1936, los generales salvapatrias, con Franco siendo uno de los líderes, acabando por ser el dictador, hasta su muerte, el 20 de noviembre de 1975, tras casi 40 años de represión, terror, hambre y miseria, además de 300 campos de concentración, para los presos de la Guerra Civil y, luego, los disidentes políticos.

»Mi padre, Enrique, el que decidió emigrar a Australia en 1959, se casó con María Sacedón, nacida en 1927, fallecida, en Australia, en el año 2017, a los 90 años de edad.

»El resto de la saga ya lo conoces:

»Yo, Roberto, llamado, aquí, en Australia, Robert Mendoza desde 1959, nací en 1950, año en que murió mi abuela, Catalina. Hijo de Enrique Mendoza y María Sacedón y nieto de José Mendoza, fallecido en la Guerra Civil (1936-1939) y de Catalina Blas, fallecida, como ya te he dicho, en 1950.

»Me casé con tu madre, María Aldonza (1950-2017), cristiana vieja, de Retiendas. Tú naciste en 1975, y tu hijo, Ken, nació en el año 2005, mientras que su hermana, Esther, nació un año más tarde, en el año 2006.

»Hasta llegar a ti, desde Simón Levy —Roberto Mendoza de La Serna incluido—, hemos sido 17 generaciones, más, ahora, Ken Mendoza y Esther, total 18.

SON:

En Retiendas, Guadalajara, España:

1. SIMÓN LEVY o ROBERTO MENDOZA DE LA SERNA, judío converso, en junio 1492, en la parroquia de Retiendas, Guadalajara.
2. FERNANDO MENDOZA

3. ROBERTO MENDOZA
4. JOSÉ MENDOZA
5. FRANCISCO MENDOZA
6. ALEJANDRO MENDOZA
7. ENRIQUE MENDOZA
8. GABRIEL MENDOZA
9. FÉLIX MENDOZA
10. ALFONSO MENDOZA
11. JOSÉ MENDOZA
12. ENRIQUE MENDOZA
13. ROBERTO MENDOZA
14. JOSÉ MENDOZA

En Melbourne, Australia:

15. ENRIQUE MENDOZA, quien emigró a Australia en 1959, con 40 años de edad, falleciendo en 2015, a los 92 años de edad.

16. ROBERTO o ROBERT MENDOZA, que llegué a Australia con 9 años.

17. ALFONSO MENDOZA, que naciste en 1975.

18. KEN MENDOZA, que nació en el año 2005. ESTHER MENDOZA, su hermana, nacida en el año 2006.

»Sé que tendrás algunas preguntas. La respuesta a si tenemos sangre judía ya te la he dado:

»Sí, la tenemos, desde Simón Levy en adelante.

»Estamos cansados. Nos vamos a la cama y mañana seguimos. Nos quedan los siguientes temas:

A. La Torá y el Talmud.

B. La emigración a Australia.

C. Mi vida: mis primeros años en Retiendas y en mi colegio internado religioso de Villanueva del Centeno. Mi vida laboral, como diplomático.

D. Manuel Lozano y el secreto de familia, ya que toda familia tiene algún secreto.

»En ese secreto intervenimos: mi padre, Enrique, Manuel Lozano, yo y tres personas que ya verás en su momento.

E. Tu vida. Tu hijo, Ken Mendoza. Tu hija, Esther Mendoza.

El ahora y mi próxima marcha a las estrellas.

¿EL FUTURO...?

»Hasta mañana, descansa.

A la mañana siguiente, se levantaron al amanecer de Bribie Island. Eran las 7:45 de la mañana.

Mientras que Robert se afeitaba, sintonizó la radio, escuchando que el 5 de diciembre 2045 se celebrarían los 20 años de la paz en Oriente Medio, firmada, entre palestinos e israelíes, ese 5 de diciembre del año 2025. En enero de 2045 también se había conmemorado el aniversario de la paz entre Rusia y Ucrania, firmada el 15 de enero 2025. Habían sido buenas noticias. En el año 2045 solo quedaban algunas guerras civiles, en África, como la de Sudán y Mali. La ONU estaba tras montar una mesa de negociación, para la paz.

Robert tenía gran experiencia como diplomático, sabiendo que no era fácil hacer sentarse a bandos contrarios en la misma mesa de negociación, pero que había que hacerlo.

El conflicto israelí-palestino, desde el 7 de octubre de 2023, hasta la firma de la paz, en ese 5 de diciembre de 2025, había dejado miles de muertos en ambos bandos, sobre todos civiles, con 7000 menores de edad como víctimas inocentes. Robert, a pesar de estar jubilado, pertenecía a un foro internacional, llamado:

PAZ Y CONVIVENCIA. Ese foro asesoraba a la ONU, a la Unión Europea y a la Unión Africana, además de al mundo árabe.

El foro estaba compuesto por 75 diplomáticos de todo el mundo, entre ellos 5 españoles. El 40 % eran mujeres, que habían sido cónsules y embajadoras.

Ese foro consiguió que la ONU ayudara al pueblo saharaui a conseguir su independencia, en el año 2035, viviendo en paz con sus vecinos, Marruecos, Mauritania, Argelia, etc.

Tras el aseo personal de padre e hijo, se sentaron a la mesa ya preparada por Andrea, quien les tenía preparado:

Fruta, zumos, miel, tostadas, café y té. Ella se sentó con ellos a desayunar. Luego se retiró para ir a dar un paseo por la playa. Se solía sentar, con una señora mayor, llamada Verónica, que vivía cerca de ellos. Miraban el mar. Gozaban del paseo.

Hablaban del mundo, del tiempo y de las noticias. Verónica le contaba sobre su país, la República Checa, cuando estuvo bajo el yugo soviético, hasta finales del siglo XX.

Una vez desayunados, padre e hijo dieron las gracias a Andrea antes de irse los tres, cada uno por su lado, a disfrutar de ese sol que acariciaba las olas.

Padre e hijo se fueron a sentar en el mismo banco del día anterior, frente a la playa.

—Comencemos —dijo Robert.

—Estoy listo, papá —dijo Alfonso—. Luego te preguntaré algo.

A. La Torah y el Talmud.

—Quiero hablarte de estos dos libros. Aquí los tengo. Míralos. Han ido de mano en mano desde 1492 hasta nosotros.

—¿Qué significan? ¿Por qué han viajado de generación en generación? ¿Qué tienen que ver con nosotros?

—Escucha: cuando Simón Levy se bautizó, forzado por ese Edicto de expulsión, el 31 de marzo de 1492, no queriendo marcharse de Retiendas, ya que era su hogar, donde había nacido, sintiéndose español, aunque judío por sus creencias, pasando a ser un cristiano llamado Roberto Mendoza de la Serna, no dejó de ser judío en su interior, en su alma, en su pensar, en sus creencias, en sus oraciones a Jehová. Su padre, Fortu, también judío, pero de Campillo de Ranas, Guadalajara, le había regalado dos libros que ahora te daré a ti, para las siguientes generaciones.

Eran y son:

La Torá y el Talmud. Son dos libros sagrados, base y pirámide de la religión judaica. Simón, hasta su muerte, siguió con su judaización, leyendo esos libros, pasándolo a su hijo y éste al siguiente, y así, sucesivamente hasta llegar a mí. Todo había que hacerlo en secreto. En aquel tiempo, si la Inquisición, que duró 3 siglos, sospechaba que seguías siendo judío ortodoxo, te quemaban vivo. Con ese secreto vivieron todos nuestros antepasados, sintiéndose españoles, pero judíos españoles. Tenían que tener mucho cuidado con los vecinos, amigos, compañeros de trabajo, etc. El Estado y la Iglesia católica tenía informadores, traidores y espías por todas partes, para detectar si había judaización en alguna familia conversa. Todo ese entramado de espionaje duró hasta el siglo XIX.

—Papa, ¿qué es la Torá? —preguntó Alfonso.

—Escucha bien —le contestó su padre—. La Torá es un libro con enseñanza y doctrina o teoría. Es el libro sagrado y fundamental de la religión judía, con las leyes y relatos fundacionales del pueblo y la identidad judía.

»Su contenido es como los 5 primeros libros de la Biblia, o sea, el Pentateuco, que, en el islam, es el At-Tawrat.

»La tradición judía religiosa dice que la Torah o Torá fue escrita por Moisés en el Monte Sinaí, dictada por Jehová. Todo ocurrió en el segundo milenio antes de Cristo. Algunos judíos creemos que puede ser incluso más antigua. En realidad, como un modelo, para la creación del Universo. La

Torá nos ofrece 5 libros: Génesis o Bereshit Éxodo o Shemot, Levítico o Vayikrá, Número o Bamidbar, Deuteronomio o Devarim.

»También está el Talmud. Es un libro, también sagrado para los judíos religiosos, pero de origen rabínico, o sea, escrito por rabinos. Es más bien un libro de legislación, un código civil y religioso, con parábolas, leyendas y dichos. Mientras que la Torá fue dictada por Jehová a Moisés, el Talmud fue escrito por esos rabinos, sacerdotes de la religión judía, apoyándose, por supuesto, en la Torá y su interpretación. El Talmud está repleto de leyes civiles y religiosas, con normas de comportamiento y demás.

»No ha sido nada fácil que estos dos libros tan antiguos, desde aquel 1492, lleguen ahora a tus manos, que tú pasarás a tus hijos y ellos a los suyos.

»No te estoy pidiendo que «tengas que ser judío ortodoxo». Eres libre para ser ateo, agnóstico, cristiano, musulmán, judío, etc. Por supuesto, espero que recuerdes que todas las generaciones que te precedieron fueron judíos, incluido yo, honrando la memoria de todos ellos, conservando estos libros sagrados que ahora te entregaré.

»Posiblemente tengas que arreglar, con un buen encuadernador, los dos libros. Si tienes alguna duda, sobre su contenido, antes de morirme, te la resolveré con gusto de padre judío.

—Gracias, papá —contestó Alfonso.

»Lo recordaré, con devoción, respeto y cariño. Seguiré la tradición, pasando los libros a mi hijo Ken y a mi hija

Esther, explicándoles todo lo que tú me estás contando. Así honraremos la memoria de nuestros antepasados.

Robert le contestó:

—Hay un bar, aquí cercano. Vamos a tomar una piña o una cerveza frente al mar. Nos sentamos y seguimos hablando, tras un breve paseo. Antes de ir a comer, te quiero, ahora, hablar del tema de la emigración a Australia por parte de mi padre, Enrique Mendoza, en 1959.

Fueron paseando, hasta el bar, llamado Ron's House. Se sentaron. Robert pidió una piña colada. Alfonso, una cerveza. Estuvieron unos segundos en silencio, con sus miradas girando entre el horizonte, las olas y a la cara el uno del otro, reflexionando, pensando, hasta que Robert dijo:

—Comencemos con el tema de la emigración a Australia en 1959, hace ahora 86 años, cuando yo tenía 9 años.

»España, el 14 de abril de 1931, cuando mi padre tenía solo 8 años, echó al rey Alfonso XIII, quien moriría en Roma en 1941. Se proclamó la II República. La primera había sido en el siglo XIX. Esta II República quería solventar los problemas sociales, económicos y políticos que tenía nuestra España.

»¡Qué ilusa fue!

»Era difícil el solucionar el atraso secular de nuestra España. A los poderosos, a los potentados y a la aristocracia no les interesaba que el pueblo olvidara su analfabetismo, se formara, progresara.

»El esclavo está mejor analfabeto, que no piense, que no discurra, que no proteste, que no exija, que no pida, que no argumente.

»Cuanto más analfabeto, mejor para el opresor. Lo tendrá siempre más fácil. Eso ha ocurrido desde que el mundo es mundo en los 5 continentes. El oprimido tiene que agachar la cabeza, ser obediente, trabajar para sus señores y no rechistar, además de ser una persona que cumpla fielmente con los ritos de su religión: cristianismo en todas sus versiones, judaísmo, islamismo, hinduismo, etc.

Los males de esa España eran un alto nivel de analfabetismo, pocos maestros, pocas escuelas, no seguridad social, sueldos de miseria, alto nivel de desempleo, con los aristócratas, poderosos, grandes banqueros, caciques, etc., con muchos servidores y esclavos a su servicio, con un alto nivel de prostitución, con hambre, miseria y pobreza, con las tierras en manos de cuatro condes, duques, marqueses, etc. Los labradores, pastores y demás, al servicio de esos señores, labrando sus tierras.

»No había casi industria, mientras que Europa ya iba teniendo su desarrollo industrial. La II República quería arreglar esa situación.

»Creó, en 3 años, 25 000 escuelas, Escuelas Normal de Magisterio, para formar a los maestros, etc.

»A la derecha tradicional, a los poderosos que ya tenían que pagar su tributo a Hacienda, no les gustaban esos cambios. Perdían sus privilegios. Esa clase social quería seguir teniendo esclavos. No quería sindicatos. No quería obreros ni trabajadores protestones.

»Se fundó el partido de la Falange, con pensamientos y actitudes nazis, a semejanza de las de Alemania, con Hitler, y de Italia, con Mussolini. Los generales llamados africanistas, que habían luchado, contra los rifeños en las décadas anteriores a esa república, que generaba democracia, comenzaron a organizarse para dar un golpe de Estado, algo que hicieron, comenzando en Melilla, el 17 de julio de 1936 a las 5 de la tarde en los locales del Servicio Geográfico del Ejército.

»Mataron al general Romerales, comandante general de Melilla, quien no se quiso unir a los golpistas. Mataron a muchos compañeros de armas, de cuando habían luchado, juntos, contra los rifeños, en las primeras décadas del siglo XX.

»Melilla cayó la primera, en manos de esos generales golpistas con nombres como Franco, Queipo de Llano, Sanjurjo, Yagüe, Mola y otros, con los milicianos falangistas asesinando y ayudando a ese golpe.

»En marzo de 1937, en plena guerra civil, los golpistas querían tomar Guadalajara. Los republicanos se defendían como gatos panza arriba. Mi abuelo, José Mendoza, tenía 37 años. Mi padre, Enrique Mendoza, tenía solo 14 años. José, ese abuelo, harto de trabajar en la fragua, republicano, junto a otros republicanos de aquellos pueblos formaron parte de las tropas que defendieron Guadalajara, en la batalla de su nombre, que duró desde el 8 hasta el 23 de marzo de

1937. Ganaron los republicanos. Murieron 4000 golpistas, con 2000 heridos y 800 capturados por los republicanos, quienes perdieron también a 2000 hombres —entre ellos a mi abuelo—, con 4000 heridos y 285 prisioneros, recluidos en campos de concentración. Mi abuela, Catalina Blas (1905-1950) se quedó viuda. Duraría 13 años más. Mi padre, Enrique, huérfano, como muchos otros niños y niñas españoles/as. La Guerra Civil acabaría el 1 de abril 1939, con, según los historiadores, 1 millón de muertos, hermanos contra hermanos. Mi padre, Enrique, con solo 14 años, tras haber ayudado a su padre, José, en la herrería desde los 7 años, ya podía hacerse cargo de ella. Eso hizo, con la ayuda de Rodolfo, el hijo de un vecino, con 17 años. Fueron como socios, jóvenes y listos, para que cerrara la fragua. Trabajó en su fragua hasta el año 1959, cuando emigró a Australia, o sea, 22 años tras la muerte de su padre. Mi abuela Catalina Blas, nacida en 1905, había fallecido en 1950 de una neumonía.

»Guadalajara y sus pueblos, poco a poco, fueron cayendo en manos de los franquistas, quienes vencieron, terminando esa cruenta guerra entre hermanos españoles, ese 1 de abril de 1939. En la provincia de Guadalajara hubo varios campos de concentración para los prisioneros de guerra republicanos, los presos políticos y sociales represaliados, después de esa guerra hasta los años 60.

»Fueron, además, de Cogolludo, Sigüenza, Espinosa de Henares, Villanueva de Argecilla, Armuña de Tajuña,

Gárgoles de Arriba, Maranchón, Casas de Galindo, Jadraque y otros. Hubo unos 12 000 acusados de ser rojos, comunistas, masones republicanos, en esos campos desde 1939 hasta los años 50. En la capital hubo unos 7000, a lo largo de la ciudad de Guadalajara, incluido el barrio de Los Manantiales.

»Para llevar preso a alguien tras la guerra, se buscaba información, aportada por el alcalde del pueblo, aldea o ciudad, por el cura párroco, por la Guardia Civil y por la Falange. Si se te acusaba de rojo comunista, sindicalista, libertario, masón o haber pertenecido a partidos de izquierda, como el Frente Popular, entonces ibas al campo de concentración. Si habías sido funcionario, médico, maestro, policía, etc., durante la República, te depuraban. O sea, te clasificaban:

1. Si alguien te acusaba de rojo y de haber participado en alguna escaramuza, batalla, etc., entonces ibas al paredón, a fusilarte.

2. Si te acusaban de todo menos de haber participado en algo cruento, ibas a un campo de concentración.

3. Si nadie te acusaba, entonces tenías que firmar una declaración jurada que decía algo como: «Juro que no pertenezco a la francomasonería ni al Frente Popular, etc.». Entonces, si eras policía de la República, llamados Guardias de Asalto, te pasaban a la policía franquista, llamada Policía Armada, por ejemplo. Muchos maestros fueron fusilados, como Aurelia Gómez Blanchard, hermana de la famosa pintora Blanchard, fundadora de la Escuela Normal de

Melilla en 1932. La mataron los milicianos falangistas, en 1936, acusada de «roja y comunista». Cientos de maestros se formaron en esa Escuela Normal, llamada San Agustín, a lo largo del tiempo, antes y después de la Guerra Civil.

»Fue también el caso del maestro Antoni Benaiges, de Tarragona, destinado a un pequeño pueblo de Burgos, Bañuelos de Bureba.

»Con acento catalán, estaba fuera de su entorno, pero trataba de enseñar a sus alumnos con una pedagogía nueva y revolucionaria, basada en la participación del alumno, algo creado por un pedagogo francés, Célestin Freinet, que quería educar haciendo a los alumnos ciudadanos libres, para que pensaran libremente. Eso creó un conflicto con el cura del pueblo. Él quería despertar la curiosidad de los niños y que se divirtieran aprendiendo. Ese maestro les prometió a esos alumnos y alumnas «enseñarles el mar algún día», algo que no conocían. Los golpistas lo fusilaron, acabando en una fosa común, junto a 400 cuerpos más de republicanos o acusados de rojos comunistas republicanos, sin saber cuáles son sus restos. Así le pagó la sociedad de la época, los golpistas franquistas. Su biznieto, en 2023, todavía buscaba sus restos. Nunca se encontraron.

»El 10 de diciembre de 2023. O sea, hace ahora, en 2045, 22 años, se estrenó la película, de 110 minutos, *El Maestro que prometió el mar: La visión de un profesor de la República*, dirigida por Patricia Font, protagonizada por Enric Auquer y Laia Costa.

»Te recomiendo que la busques y la veas, Alfonso.

»Gran Bretaña, Francia, los EE. UU. y muchos más países no hicieron nada para que se pudiera echar a Franco, el dictador. Se estima que nuestra Guerra Civil (1936-1939) produjo casi 1 millón de muertos, muchos civiles, niños, niñas, mujeres y ancianos. La Iglesia católica, por supuesto, estaba junto al dictador Franco.

»Siempre ha estado al lado del poder, sobre todo si es represivo, como el del dictador mencionado.

»A ese mundo le vino la II Guerra Mundial, en 1939, hasta 1945, con Alemania y Japón, más Italia, en guerra contra el resto del mundo.

»España permaneció neutral, aunque simpatizando con el mundo nazi de Alemania y con la Italia de Mussolini.

»España había mandado a la División Azul a luchar, junto a los nazis alemanes, contra Rusia. Los alemanes, en nuestra Guerra Civil, habían colaborado con los golpistas de Franco, bombardeando ciudades españolas como Guernica, con su Legión Cóndor.

»Así se ayudaban entre ellos.

»En nuestra guerra civil, a los republicanos se habían unido las llamadas Brigadas Internacionales, que eran demócratas extranjeros, jóvenes, que dieron su vida por defender a esa república.

»Vinieron de todo el mundo, sobre todo de Europa y los EE. UU., más algunos australianos, por supuesto.

»Luego, los supervivientes de esas Brigadas Internacionales lucharon, también, contra el nazismo alemán entre 1939 y 1945, muriendo muchos de ellos.

»En esa II Guerra Mundial vencieron los llamados aliados, con los EE. UU., Gran Bretaña y Rusia a la cabeza. Era ya mayo del año 1945.

»Los vencidos eran Alemania, Italia y Japón.

»Los nazis alemanes habían asesinado a 13 millones de personas, entre ellos 6 millones eran judíos, de toda Europa, incluida Alemania. Eso se llamó Holocausto judío.

»Mi padre, nacido en 1923, en ese 1945 tenía ya 22 años. Vivía en Retiendas, en la miseria de la guerra civil española. Seguía trabajando en su herrería. Esa miseria había comenzado, con represión política, en 1939, durando hasta los años 60, del siglo XX, dando lugar a la emigración forzada de miles de españoles a toda Europa, América y Australia.

»Llegaron los años 40, antes, durante y después de la II Guerra Mundial. Siguió la represión contra los que no opinaban como los golpistas que habían ganado la guerra civil española.

»En esos años 40 y luego los 50, el atraso, la hambruna, la miseria, la desigualdad social, la persecución del que pensaba diferente —o lo era, como los homosexuales o lesbianas— estaba a la orden del día. Se crearon 300 campos de concentración para todos esos prisioneros políticos y disidentes del régimen. A los homosexuales los llevaron al campo de concentración de Tefia, en Canarias, que estuvo abierto desde 1954 hasta 1966. Se les había aplicado la Ley de Vagos y Maleantes de 1954. La homosexualidad, para ese régimen represor y para la Iglesia católica, que tenía sus propios sacerdotes y monjes pederastas, era una mala conducta, una enfermedad.

»«Había que reeducar a los maricones», decía el régimen franquista y la Iglesia.

»Para eso los llevaban a Tefía, llamada Colonia Agrícola Penitenciaria, donde trabajaban como esclavos, pasaban hambre, eran torturados y algunos hasta violados por funcionarios de prisiones.

»Esa era la España de los años 40 hasta los 60. En esa España vivíamos mis padres y yo. En los más de 8000 municipios de España vivían bien los vencedores, los ricos, los potentados, los caciques, los reyes del estraperlo, etc. El resto de la población, reprimida, con hambre, miseria y miedo. Esa era nuestra España. Por supuesto, había que ser buenos, obedientes, ir a misa, confesar los pecados, comulgar, etc., para salvar tu alma, aunque tu cuerpo te pidiera pan y algo de comida. Por supuesto, la mujer era ciudadana de segunda clase: a la cocina, a criar niños, a cuidar al marido, a ser fiel y buena esposa, aunque el marido fuera un putero, un adúltero o lo que quisiera ser. Si se te ocurría ser una madre soltera, entonces te repudiaba todo el mundo, hasta tu propia familia. La pecadora era la mujer, no el hombre. La violencia de género existía, pero no se conocía, no se denunciaba.

»Abundaban los burdeles con jóvenes, como ahora, en la República Dominicana, para poder mantener a su familia, hijos incluidos. Era la injusticia social, generadora de esa pobreza, hambre, miseria, enfermedades, prostitución y violencia de género.

»La población de España en 1940 era de 26 millones. Recién acabada la Guerra Civil, los vencedores, con la aristocracia al frente, la alta jerarquía de la Iglesia, los grandes terratenientes, los altos mandos del Ejército vencedor, los capitalistas, etc., componían una población de gran afluencia, de buen vivir, con sus buenos barrios y palacetes en ciudades como Madrid, con el norte, el Barrio de Salamanca, etc. Esos, con su buen jamón serrano, su arroz con bogavante, sus buenos vestidos, muchos comprados en París, sus yates y sus casas y palacios de verano, con miles de sirvientes procedentes de las aldeas y de los pueblos en sus mansiones y miles de labradores trabajando en las tierras de esos señores. Habíamos vuelto a la España previa al 14 de abril de 1931, cuando se había declarado la II República.

»Ese grupo de españoles privilegiados, cuyos herederos disfrutarían de lo mismo en los años siguientes, eran, más o menos, según estadísticas, un millón de personas.

»¿Qué pasaba con el resto de españoles?

»Había una pequeña clase media, con funcionarios del Estado y de los municipios, algunos con profesiones como médico, profesor, veterinario, abogado, arquitecto, ingeniero, algunos comerciantes, algunos estraperlistas, etc., que componían lo que se podía llamar una incipiente clase media, de unos dos millones de personas.

»El resto lo componía unos 23 millones de españoles que vivían en las aldeas, pueblos y barrios pobres de las ciudades, como en el Madrid de Lavapiés, Vallecas, Carabanchel, o el barrio de Triana en Sevilla, o el Polígono en Melilla, y así sucesivamente, podríamos recorrer la geografía de la pobreza por todas las ciudades españolas.

»En 1959 ya había más de 30 millones de españoles. Seguía la represión, el hambre y la miseria. La clase alta la componía un 2 % de la población. La clase media había subido algo, hasta un 3 %. El resto, un 25 % seguía sumida en la cartilla de racionamiento, la pobreza, la exclusión social, el hambre y el estraperlo, con la prostitución inundando las ciudades como Madrid, Barcelona, Sevilla, Valencia, etc.

»En España, desde 1812, con la Constitución de entonces, el servicio militar era obligatorio, para los varones jóvenes. Se llamaba «la mili».

»Duraba, al principio, 18 meses. Luego, con el tiempo fue bajando a 15, 13 y, por último, a 9 meses. Fue abolida por el gobierno democrático, el 9 de marzo de 2001, tras 23 años de democracia.

»Mi padre tuvo que hacerla cuando cumplió 20 años, en el año 1943. Yo la hubiese tenido que hacer si no hubiese emigrado con mis padres, en 1959, a Australia, con 9 años. Me hubiese tocado ir a la mili en el año 1970, con 20 años. Era obligatorio.

»Había varones, de la clase alta de la sociedad, que se libraban de esa mili. No me preguntes cómo lo hacían o qué alegaban. Los pobres campesinos, sin tierras, esclavos de los terratenientes, dueños de esas tierras de labor, sí tenían que ir a la mili, algo que fastidiaba a sus padres y hermanos, ya que, aunque ganaban un salario de miseria en el campo y en las ciudades, algo aportaban para la cesta de la compra de la familia, algo que no podían hacer estando en esa obligatoria mili. Muchos de esos jóvenes campesinos, en los años 20 del siglo XX, habían muerto, en las guerras contra los rifeños de Marruecos, como en la batalla del desastre de Annual. Eran guerras entre jóvenes de bandos contrarios, de religiones distintas, jóvenes que se mataban entre ellos sin conocerse, mandados por jerarcas y políticos y reyes que sí se conocían. Así son las guerras. Yo te mato. Tú me matas. No nos conocemos, pero tenemos que odiarnos.

»¿Por qué?

»Decía Ramón, un amigo de Valverde de los Arroyos: «los políticos nos han mandado al matadero. Ellos, luego, algún día, se sentarán en la mesa de negociación. Se tomarán una cerveza y firmarán la paz. Ahí se acabó el cuento terrible y trágico de la guerra que deja viudas, viudos, huérfanos, huérfanas, hermanos y hermanas sin hermanos ni hermanas, etc.».

»Llevaba razón. Así eran las cosas, Robert. Tú te libraste de ello gracias a tener 9 años cuando llegamos a un país en libertad en 1959, como era Australia.

»Carlos Cano (1946-2000), un artista de la canción, gran cantante y poeta, que vivió la represión franquista, dijo: «no existe el futuro en España, solo la miseria».

»Solo había atraso, hambruna, desigualdad social, pobreza, represión, ancianas de luto, mendigando por las calles, muchos entre las ruinas de aquella terrible guerra civil, analfabetismo y penuria, niños y niñas mendigando, prostitución, para poder comer y vivir.

»El Gobierno de Franco quiso curar las heridas de la guerra, con la autarquía —estilo Mussolini, en Italia o Hitler, en Alemania—, ayudado por la alta clase social, sus generales, la Iglesia y la Falange Española.

»Habíamos vuelto a la Inquisición político-social y religiosa. Había desnutrición infantil y mucha mortalidad infantil, con niños y niñas muriendo, con diarreas, con tuberculosis, etc.

»Fue una época de regresión económica: hundimiento de la producción agrícola, con un intento de desarrollo industrial, con el mercado negro, del que se lucraban cuatro sinvergüenzas, el estraperlo, etc.

»Para colmo había llegado la II Guerra Mundial: 1939-1945.

»El cineasta Carlos Saura (1932-2023), ya en democracia, en el año 2016, en el Círculo del Arte de Barcelona, presentó una muestra, llamada *España años 50*, con fotos de aquella miseria y hambre. Una de las fotos, llamada *El pan a secas. Años 50,* nos muestra a un hombre pobre, de frente, con otros pobres alrededor, frente a una mesa vieja de madera con platos vacíos. Él dirigió más de 40 películas, pero, en sus comienzos, en los años 50, viajó por esa España de pobreza, ganándose la vida como fotógrafo independiente. Había nacido en Huesca. Creció en el Madrid de la pobreza. A los 17 años ya era fotógrafo de la vida, de la penuria y el hambre. Otra foto muestra a tres niños pobres, llamándola *Niños pidiendo limosna. España años 50.*

»También consiguió, en esos años de la democracia, poner todas esas fotos en un libro, llamado *Carlos Saura: España Años 50.* Te recomiendo que lo veas, cuando puedas, Alfonso, hijo. Merece la pena.

»Así entenderás la razón de que mi padre decidiera emigrar desde Retiendas a Australia en 1959, así como otros miles de españoles, emigrando a toda Europa y a América en los años 40, 50 y 60.

»La exposición tenía 180 fotografías, mostrando un país hundido, de calles de tierra o empedradas, niños desamparados corriendo entre las ruinas.

»En esa época había pueblos, como Deleitosa, en Cáceres, con 2300 habitantes, sin tren, sin autobús, con burros, muchos cerdos, sin agua, sin electricidad, con un único teléfono, ¡¡a 20 kilómetros de distancia!!!

»La II Guerra Mundial aisló a España, convirtiéndola en una cueva negra, con represión y hambre.

»En agosto de 1945, tras la II Guerra Mundial, Stalin, Truman y Churchill condenaron esa dictadura franquista, no permitiendo que España entrara en la ONU, pero al mismo tiempo apoyaban esa dictadura, negociando con ella, sin hacer nada para que desapareciera del mapa. Esa dictadura duraría 30 años más, hasta el 20 de noviembre de 1975, con la muerte del dictador. La democracia llegaría, con la Constitución de 1978.

»Entre los años 1950 y 1970, unos dos millones de españoles emigraron a países de Europa, de América y a Australia. Muchos, como mis padres, se fueron de aldeas y pueblos, de miseria, hambre, y hartos de aguantar a los caciques de turno, con la Iglesia católica bendiciendo ese marco de pobreza y falta de libertad. Algunos, desde Castilla, Galicia y Andalucía, emigraron a Cataluña, donde empezaba a haber algo de industria, en los años 60 y 70. Allí criaron a sus hijos y nietos, quienes ahora hablan catalán y castellano. Te puedo recordar también que esos capitales catalanes, con algunas familias de potentados catalanes, habían heredado ese potencial económico para instalar esas industrias, empleando a esos emigrantes de la España, todavía pobre, de sus abuelos y bisabuelos negreros esclavistas, que habían hecho su fortuna, vendiendo y comprando esclavos, en la Cuba del siglo XIX, con africanos raptados en África, para venderlos a las plantaciones de azúcar —llamadas ingenios— y caña de Cuba, Jamaica, Brasil, Santo Domingo, etc. Por supuesto, esos catalanes no fueron los únicos negreros con su comercio de esclavos, ya que también lo hicieron los holandeses, los británicos, los franceses, los portugueses y muchos otros europeos, llevando, a la fuerza, a unos 15 millones de esclavos africanos, entre los siglos XVI y XIX. La esclavitud ya estaba abolida en esa Cuba, del siglo XIX pero esos esclavistas, incluidos los catalanes y otros como José Antonio Argudín, bisabuelo del fundador de la Falange Española, José Antonio Primo de Rivera, siguieron, ilegalmente, en contra de la ley, con sus negocios, comprando y vendiendo esclavos, hasta finales del siglo XIX. Ese capital llegó a una Barcelona a la que convirtió en la número uno, con edificios modernistas de toda España, con grandes avenidas y una clase social catalana con sus palacetes y su buen capital en el banco.

»Los pobres campesinos gallegos, castellanos y andaluces, en esos años 50, 60 y hasta 70, tuvieron que emigrar a esa Barcelona que les ofrecía un trabajo, aunque fuera con un salario de miseria.

»Al menos, era algo mejor que un plato vacío en pueblos como Retiendas y miles de ellos más, a lo largo de la geografía de España.

»Sí, Alfonso, en esa España que te he acabado de pintar vivíamos nosotros:

»Mi padre, Enrique, en 1959, con 36 años, harto de la represión, con una herrería que les daba para comer, pero poco. Mi madre, María, con 32 años. Yo, con 9 años y Manuel Lozano, con 13 años, hijo adoptado.

Ya era la una de la tarde del domingo, 3 de diciembre de 2045.

Alfonso iba tomando nota de todo lo que su padre, Robert, le iba contando. En ese momento, estaban en el bar, Ron's House, frente a la playa.

—Papá, he observado desde ayer, que en la portada de los legajos que tienes para informarme sobre todo lo que estás contando, con datos, fechas, detalles históricos, fotos, etc., pone CASA 31.

»¿Eso qué significa? ¿Qué tiene que ver con lo que me estás contando? ¿Qué tiene que ver eso de CASA 31 con nuestra familia y las generaciones pasadas?

—Alfonso, eso, a su debido tiempo, ya te lo contaré. De momento, vamos a levantarnos. Nos vamos paseando a casa. Andrea seguro que nos ha preparado una paella. Le salen buenísimas; aunque ella es griega, conoce también la cocina española —dijo Robert.

Se levantaron. Fueron paseando, por la playa. Era un día de sol espléndido. Ya se veían algunos turistas, disfrutando de esas arenas blancas de Bribie Island, algunos con sus tablas de surf, otros con alguna barca, yendo a pescar, mientras que los niños y niñas, ya en vacaciones —ya que el cole en Australia, empieza en febrero y acaba en diciembre—, corrían por la playa con su eterna amiga, la pelota de goma. Eso era felicidad, en el marco de la democracia y libertad de un país como Australia.

Llegaron a su casa de verano. Andrea había corrido un poco las cortinas del comedor para que la sombra pudiera amparar el degustar de aquella paella. Saludaron a Andrea. Se sentaron a la mesa, tras ir al baño.

Robert abrió una botella de vino Rioja que tenía más de 10 años. La conservaba para un momento como ese, con su hijo Alfonso y la historia de la familia, como excusa para estar con él. «No me queda mucho tiempo en este planeta para poder disfrutar de momentos como este», pensó Robert. No sabía si volvería a ver a Alfonso y a sus nietos, hijos de Alfonso, Ken y Esther. Sentía que estaba llegando a la meta de la vida terrenal.

Tras degustar la excelente paella de mariscos, con una ensalada como compañera, Andrea trajo unas natillas como postre, que solía hacer solo los domingos.

Dejaron el café para la merienda, a eso de las 5 de la tarde.

Se fueron a la entrada de la casa, con sombra, sentados en dos sillones, de mimbre, que adornaban una mesa redonda.

Robert puso todos sus papeles sobre esa mesa. Se sentaron.

—Alfonso, vamos a dejar, un momento, el tema de la emigración a Australia, para hacer un poco de relato cronológico, volviendo a cuando yo era niño, en la fragua de mi padre, luego en el colegio, con mi amigo Manuel Lozano, etc. Luego volveremos a ese 1959, con la emigración a Australia, para pasar, luego, a mi vida profesional hasta mi jubilación, y tu llegada a este mundo.

—Muy bien, papá. Como tú dispongas. Estoy preparado, para seguir escuchándote, con sumo interés —dijo Alfonso.

Mi infancia en Retiendas

—Nací en 1950. Mi madre, María, nacida en 1927, dio a luz con 23 años.

»La ayudó una partera de Marchamalo. Así vine al mundo, nada de hospitales. Solo pericia, suerte y amor por parte de esa partera, llamada Micaela, que moriría un año después de unas viruelas.

»Mi padre tenía ya 27 años. Su herrería tenía poco trabajo. No había encargos de carros, aunque algunas rejas, herraduras, picos y palas sí le encargaban, desde pueblos como Marchamalo, Tamajón, Cogolludo, Majaelrayo y otros. Teníamos para comer, pero no para ningún lujo ni poder ir a Guadalajara o a Madrid a ver a algún primo o prima de mi padre, que vivían en esas ciudades. No había autobús. No teníamos coche ni moto. Mi padre solía ir andando, en burro, en mulo o en un viejo carro que teníamos hasta esos pueblos, a llevar lo que había fabricado en la fragua. A veces no iba él, sino que mi amigo Manuel Lozano —4 años mayor que yo— y yo, íbamos a esos pueblos a llevar esa reja, herraduras, clavos, etc. Tenía que ser algo que no pesara mucho. Si no era así, no podíamos llevarlo.

»Cuando yo tenía 7 años y Manuel Lozano 11, no habiendo colegio en Retiendas, nos mandaron a Villanueva del Centeno, un pueblo a unos 15 kilómetros de Retiendas, donde había un colegio/internado religioso, llamado Sagrado Corazón, con monjes carmelitas, dirigido por un sacerdote, llamado Don Remigio.

»Nuestro horario, en ese colegio de primaria, era de 9 a 1 de la tarde y de 4 a 7. Había unos 25 profesores, todos religiosos. Contaba también con la colaboración de los párrocos de varios pueblos limítrofes. Era gratis, aunque cobraban algo por la comida. No mucho.

»Había 30 niños internos, la mayoría huérfanos de guerra, y nosotros, que éramos unos 80, de todos los pueblos de la zona. En clase éramos unos 25.

»Primaria duraba 6 años, entre los 6 y 12 años. Yo entré ya en 2.º de primaria. Manuel, en 5.º de Primaria. Solo estaríamos dos cursos: el 1957-58 y el 1958-59.

»El curso 1958-59 no lo acabamos, ya que emigramos a Australia con mis padres en mayo 1959.

»Te recuerdo que ya te conté que los padres de Manuel Lozano habían muerto en un accidente, durante ese curso 1958-59.

»Mis padres lo adoptaron. Tuvieron que ir a Guadalajara capital para todo el papeleo de la adopción.

»El padre de Manuel y mi padre habían sido muy amigos, sobre todo en la cruenta y dura Guerra Civil, cuando eran niños.

»Eran grandes amigos. La madre de Manuel, Isabel, había ayudado a la partera, Micaela, a traerme al mundo en ese 1950, el año del hambre, la pobreza y la miseria.

»En ese colegio conocimos a otro niño de 12 años, que acababa su primaria en el curso 1958-1959. Se llamaba Antonio Ortega. Era de Candela, otro pueblo cercano. Se suicidó, en abril 1959, sin haber cumplido los 13 años. Ya te contaré la razón de esa tragedia.

»Entre los profesores, había 3 que eran pederastas, conocidos y reconocidos.

»Les gustaba tocarle sus partes a los niños. Esos cerdos eran don Remigio, el director, el padre Donato y el padre Miguel.

»Hubo muchas víctimas de esos abusos sexuales, entre ellos yo, además de Manuel Lozano —que yo no sabía, aunque lo supe más tarde, en Australia, que era homosexual—, Antonio Ortega, el niño que se suicidó con solo 12 años, y algunos más de otros pueblos. Por lo visto, el profesorado sabía quiénes eran los pederastas. El obispado también, ya que habían cometido esos abusos en otros colegios y parroquias. Lo único que hacía el obispado era trasladarlos, de colegio a colegio y de parroquia a parroquia, esperando que «no pecaran más». Lo seguían haciendo, fueran donde fueran. Les amparaba la jerarquía de la Iglesia y el régimen franquista. Los niños éramos solo unos pobres, hijos de rojos, que habían perdido la guerra, que habían sido vencidos porque «habían ofendido al Señor y a la patria con su comunismo, su masonería y sus pecados».

»Recuerdo cómo, sobre todo, don Remigio y el padre Donato nos metían en un cuarto, detrás de la clase, a mediodía, cuando ya se habían ido los niños de la clase. Nos obligaban a bajarnos los pantalones. Nos tocaban nuestras partes. Nos echaban en dos sofás que tenían en ese cuartucho. Se echaban encima nuestra, on Remigio sobre mí y el padre Donato sobre Manuel. Nos decían:

«Si gritáis, os matamos. Si decís algo a alguien, os matamos. Esto lo hacemos por vuestro bien. Queremos educaros en la sexualidad que os viene con la juventud».

»Luego nos enteramos de que también lo hacía el padre Miguel, con otros niños. Nosotros, asustados, con terror, nos íbamos llorando a casa, a nuestros pueblos, para, al día siguiente y al otro y al otro, seguir siendo víctimas de esos abusos. Ocurrió durante los dos cursos que estuvimos.

»Seguro que lo llevaban haciendo, con otros niños, a lo largo de los años. Nuestros padres nos veían tristes cuando llegábamos a casa. Les decíamos que es que no nos sabíamos bien la lección y que nos habían dejado sin recreo.

»En mayo de 1959 se acabó aquella pesadilla. Emigramos a Australia. Nadie supo nunca nada de aquellos abusos. No se lo contamos a nuestros padres. Al menos eso creí entonces, que mi padre no se había enterado.

»Manuel Lozano, antes de morir, en el año 2020, con 74 años, me dejó dos cartas. Ambas dirigidas a mí. Yo tenía 70 años, ya jubilado de mi carrera como diplomático australiano. Una de las cartas la había escrito mi padre, quien se la había entregado a Manuel antes de morir, en el año 2015. La otra carta era de Manuel, sí, dirigida a mí, también.

»Aquí tengo las dos cartas. Te las voy a leer, tras un café. Es algo muy duro, de contar, Alfonso, y de recordar.

—Llora si quieres hacerlo, papá —le dijo Alfonso a su padre.

Robert, entre lágrimas, le dijo a Alfonso que le pidiera a Andrea que hiciera un café y trajera la botella de coñac. Andrea vino con los cafés, sin pastas, ni galletas, ni nada por el estilo. Tomaron su café. Se tomaron una copa de coñac.

Robert se limpió las lágrimas con el pañuelo. Andrea lo miró con cariño.

Ella se estaba tomando una manzanilla con limón.

Andrea sí conocía ese episodio trágico del abuso de esos pederastas. Se lo había contado Robert un día, hacía años, cuando Andrea lo había visto muy triste. También había leído las cartas del padre de Robert y de Manuel. Con poco ruido, mirando a Robert, con la mirada, le comunicó su empatía y cariño. Salió de la sala y dejó al hijo y al padre solos para que siguieran con la historia de los Mendoza.

—Prosigamos con las cartas: primero de Manuel y luego de mi padre.

La carta de Manuel Lozano

Melbourne, 14 de marzo de 2020

Querido amigo y hermano Robert, Roberto para mí, siempre:
Te escribo esta carta no mucho antes de morir. Tú y tu familia habéis sido la mía desde 1959, cuando me adoptaron tus padres, y tú eras ya mi hermano, aparte de amigo.

Como bien sabes, el oncólogo del Queen Victoria Hospital, en Melbourne, me ha dado solo unos dos meses de vida. El cáncer está muy avanzado. NO HAY CURA PARA ELLO.

A tus padres, que ya no están entre nosotros, con los que me reuniré pronto, los tendré siempre en mi memoria, con un inmenso cariño, el mismo que ellos me ofrecieron cuando me adoptaron.

No quiero hacerte daño con los recuerdos, pero debo contarte esto:
No sé si recuerdas que, en marzo de 1959, tú y yo todavía estábamos en el Colegio Sagrado Corazón, pero los pederastas y cerdos, don Remigio y el padre Donato, ya no estaban. Te dije que creí que los habían trasladado a otro colegio, parroquia o similar. Te mentí, entonces. No quería que sufrieras. No sé si recuerdas, que, como nos íbamos a Australia, nuestro último día de colegio fue antes de comenzar la Semana Santa de 1959, ya que emigramos a Australia, junto con tus padres, en mayo 1959. ¿Por qué te mentí? ¿Qué pasó? Yo no quería que sufrieras. Un día de febrero, creo que tras la Botarga, en Retiendas, tu padre me vio muy triste. Me preguntó qué

me pasaba. Se lo conté. Le dije que tanto tú como yo y otros niños éramos abusados sexualmente por don Remigio y el padre Donato.

Tu padre, que había pasado la Guerra Civil siendo adolescente, entre los 13 y los 16 años, me contestó:

—Esto lo arreglo yo. Escucha bien, Manuel, pronto nos iremos a Australia, pero esos cerdos no van a abusar de ningún niño más. No quiero que Roberto se entere de lo que vamos a planear y hacer. Nunca se lo digas. Se lo contaremos con una carta cada uno, si es que morimos antes que él. Si él muere antes, nunca lo sabrá.

»Este es el plan: el lunes que viene, 9 de febrero de 1959, les dices al padre Donato y a don Remigio que Roberto y tú vais a estar en Villanueva del Centeno, en la Casa 31 de la calle Mayor, una casa casi derruida, con la puerta desvencijada, pero que dentro todavía tiene dos camastros, para que gocen de vosotros. El 14 de febrero, sábado. Los citas a las 12 del día, en esa casa. Les dices que lleváis una botella de vino que me habéis robado y pan con jamón. Les dices que si necesitan una felación, estáis dispuestos a ello.

Eso hice, Roberto. Don Remigio y el padre Donato se pusieron muy contentos. Incluso me dijeron que iban a llevarnos unos dulces, para después de haber gozado y comido juntos. Se lo conté a tu padre. Él insistió en el silencio y la discreción. Me dijo que ese sábado 14 según su plan, tú no ibas a ir, por supuesto, sino que él, tu padre, estaría escondido, en la cueva/bodega/alacena que hay bajo la casa, bajando unos 5 peldaños. Me dijo que no me asustara cuando yo subiera, que sería cuando ellos hubieran bebido y comido, esperando a Roberto, que tenía fama de tardío.

Llegó el viernes 13. Antes de irnos del colegio, les recordé, sin tú verme ni saberlo, a los dos pederastas, que nos veríamos los cuatro el día siguiente, en la casa 31 de Villanueva del Centeno, a las 12, para pasarlo bien.

Ese sábado, 14, a las 11, eché a andar, yo solo, con la botella de vino, el jamón y el pan. Luego supe que tu padre llevaba en esa bodega/cueva desde las 11, preparado para lo que había planeado.

Llegué a las 11:45 de la mañana, algo fría esa mañana. Entré. Ya estaban allí don Remigio y el padre Donato. Les dije que tú tardarías un poco, que podíamos empezar nosotros a beber el vino y comer y que, luego, mientras que llegabas tú, me revolcaría con los dos, haciéndole una felación a uno mientras que el otro se ponía detrás de mí. Eso hicimos. Llevábamos unos 10 minutos cuando, ellos satisfechos, se echaron cada uno en un camastro, preguntando cuándo llegarías. Se quedaron como algo dormidos, tras su asqueroso placer, esperando a repetirlo contigo.

De pronto, apareció tu padre, Enrique, con una machota en la mano. Tardo solo un minuto en destrozarle la cabeza a los dos con sendos martillazos. No pudieron reaccionar. Se notó que era herrero. El hierro, ahora, era la cabeza de esos pederastas. Los mató en solo ese minuto. Sangraban como cerdos. Me dijo: «Primero agarra a don Remigio, por los pies. Lo arrastramos hasta la bodega, escalones abajo».

Eso hicimos. Luego, lo mismo, con el padre Donato. Tu padre había preparado piedras, pizarra y leña para cubrir los cuerpos, haciendo como dos tumbas improvisadas. Allí se quedaron. Esa Casa 31 estaba abandonada. Nadie iría por allí. Allí, esos dos cerdos serían solo huesos con el tiempo.

El colegio nunca supo lo que había pasado con ellos. Posiblemente, algunos de sus compañeros profesores pensaron que se habían *fugado al extranjero o a algún otro lugar, temiendo que el obispo los trasladara o castigara.*

Vino otro director y otro profesor. Tu padre y yo no hablamos de ese hecho con nadie, nunca. Ahí quedó todo, en la Casa 31 de Villanueva del Centeno.

Nos fuimos a Australia. Crecimos, fuimos felices y todo olvidado. Era mucho mejor que tú no supieras nada. Ahora ya lo sabes, cuando ya no estoy contigo, en este mundo. Tus padres y yo te protegeremos, desde las estrellas.

Creo que tu padre te ha escrito otra carta, pero no con tanto detalle, sobre la operación Casa 31. Léela, cuando puedas.

Te quiere tu amigo y hermano Manuel.

Cuando Robert terminó de leer la carta, Alfonso preguntó a su padre:

—¿Por eso en los legajos hay escrito Casa 31?

—Sí —contestó su padre—. Ahora lo entiendes. Voy ahora a leerte la carta de mi padre, que no es tan extensa como la de Manuel.

»Esta es la carta:

Retiendas, 15 de marzo de 2015.

Querido hijo Roberto:

Cuando leas esta carta, yo, tu madre y Manuel estaremos ya con las estrellas, protegiendo tu vida, la de tus hijos y nietos, si los tienes.

Esta carta la escribo tras leer la que te dirige tu amigo y hermano, Manuel Lozano, ahora Manuel Mendoza. Él y yo nos prometimos no darte estas cartas hasta que estuviéramos a punto de morir. Algo que hago ahora, en mayo de 2015, sabiendo que mis 92 años son los que tengo concedidos en este planeta Tierra, ni uno más ni uno menos.

Como te cuenta Manuel en su carta, acabé con esos pederastas. No me arrepiento de ello. Lo volvería a hacer, con gusto. No merecíais, como niños, sufrir esa pederastia, de esos cerdos, que no se iban a ir de rositas.

Sí, fue una venganza. Pero lo hice con gusto. Así no abusarían más de ningún niño. Si quieres contárselo a tus hijos y/o nietos, puedes hacerlo.

No me importa que sepan que maté a dos cerdos, en esa Casa 31 en 1959, antes de emigrar a Australia.

Solo te voy a pedir una cosa, aunque estés jubilado ya. Es:

Viajas a España. Solo, sin hijos ni nietos. Vas a la Casa 31, en Villanueva del Centeno. La verás todavía derruida, con la puerta desvencijada, casi en ruinas. Eso suele ser eterno en esos pueblos, donde la pobreza era su principal habitante.

Quiero que bajes a la bodega, solo, que no te vea nadie, con un saco. Coges la cabeza de los dos cerdos, que serán calaveras. Echas el saco en tu coche. Te vas al monte, entre las encinas. Las pones debajo de una encina, que sea grande, con amplias ramas y hojas. Las dejas allí, para los cuervos y lobos. Les dices: «¡¡Quemaos en el infierno, cerdos de mierda!!». Te vuelves a tu coche.

Te vas, luego, al Restaurante Doyma, que creo que sigue, en Marchamalo. Comes como un señor. Pides un buen vino y brindas

*por los Mendoza, por toda la saga, empezando por nuestro ante-
pasado, Simón Levy, sí, judío. Brindas por tu hijo Alfonso, que te
esperará en Melbourne.*

*Brindas por Manuel Lozano, que ya era Manuel Mendoza
desde que lo adoptamos.*

*Te vuelves a Australia, y recuerda siempre: «Cada cerdo tiene
su San Martín».*

Cuídate.

*Cuida a los demás. Quiero que seas tolerante, respetuoso y
bueno con todo el mundo, algo que te inculqué desde niño. Sé que lo
has hecho toda la vida. Un abrazo paternal.*

Nos vemos en las estrellas, todos juntos.

Te quiere tu padre Enrique.

—Como ves, querido hijo Alfonso, ya sabes lo que significa Casa 31 —dijo Robert—. Te entrego estas dos cartas
para que las tengas tú. A mí no me queda más en esta vida.
Hice lo que me pidió mi padre, palabra por palabra. Fui a
la Casa 31. Llevé las dos calaveras al monte con encinas y
procedí como mi padre me había pedido. Me quedé contento. Creo que mi padre actuó bien. Sí, es ojo por ojo y
diente por diente, pero eso lo hemos aprendido los judíos,
a lo largo de los últimos 5000 años, con nuestros periódicos
exilios y persecución.

—Papá —interrumpió Alfonso—, ¿cuántas veces has ido
a Retiendas desde la emigración de mayo de 1959?

Contestó su padre:

—Solo en el año 2005, cuando era embajador de Australia en España, y en el año 2020, tras la muerte de Manuel, mi amigo y hermano adoptado por mis padres. En el año 2005 había una familia de Majaelrayo viviendo en nuestra casa, ya que el vecino que nos la había comprado, en 1959, había muerto. En el año 2020 no había nadie. Estaba como abandonada y desierta. Entré. No necesité llave. Recorrí todas las estancias. Se me vino a la cabeza mi infancia, hasta los 9 años, con mi padre, Enrique, en la fragua, martilleando; mi madre, María, gritando: «Enrique, la comida está en la mesa». Yo, volviendo del colegio, con mi amigo y hermano Manuel, para ver a mi gato, Mario, que me recibía moviendo su cabeza. Lo recuerdo con gran cariño. Salvo el tiempo en que fuimos abusados cruelmente, por aquellos cerdos del colegio, el resto de mi vida en Retiendas fue feliz, con unos padres cariñosos y un hermano, como Manuel, que nos queríamos mucho.

»Me fui de la casa, con mucho dolor y alguna lágrima, regando la salida. No pregunté a nadie por la razón de que estuviera abandonada.

»También fui a Villanueva del Centeno, donde estaba y está el panteón de los Mendoza, en el cementerio, a la salida del pueblo, rodeado de encinas y alcornoques. El primer Roberto Mendoza, Simón Levy, judío converso, nacido en 1462, fallecido en 1522, no quería que su hijo, Fernando Mendoza (1491-1580) lo enterrara en Retiendas.

»La razón era que, cuando Simón se convirtió en un judío converso, junto con su familia, en 1492, algunos cristianos viejos de Retiendas comentaron entre ellos, llegando a oídos de Simón, cosas como: «Vaya, ahora tenemos un judío entre nosotros, pero marrano, converso, nuevo cristiano. Seguro que sigue judaizándose. Si es así, lo denunciamos a la Santa Inquisición».

»Eso lo dijo un vecino envidioso, carpintero, que no podía soportar que Simón Levy —luego Roberto Mendoza— tuviera más trabajo que él, sobre todo con las rejas, picos y palas de los pueblos negros, o sea, de pizarra. La envidia es mala consejera. Nuestro antepasado se cabreó mucho con ese comentario, del que le informó un buen vecino llamado Mario, hojalatero y pastor. Entonces fue a Villanueva del Centeno. Compró una parcela mortuoria en el cementerio y le pidió a un cantero que le hiciera un panteón para los Mendoza. Desde entonces, todos los Mendozas fueron enterrados en ese panteón, que tenía seis tumbas, con capacidad para cuatro cuerpos cada una. Allí están Roberto Mendoza —Simón Levy—, Fernando Mendoza, Roberto Mendoza, José Mendoza, Francisco Mendoza, Alejandro Mendoza, Enrique Mendoza, Gabriel Mendoza, Félix Mendoza, Alfonso Mendoza, José Mendoza, Enrique Mendoza, Roberto Mendoza y José Mendoza. Mi padre, Enrique Mendoza, está aquí, en Australia.

»Las generaciones de las madres y esposas también están en ese panteón, algunos y algunas incinerados/as, al igual que los hijos o hijas que fallecieron antes de casarse, siendo niños/as o adolescentes.

»Ahora te informo de algo que ocurrió el 27 de octubre del año 2023, en Madrid, España. Bueno, mejor cenamos y te lo explico después de la cena. Vamos a dar un pequeño paseo antes de cenar. Luego, antes de acostarnos, seguimos.

Se fueron a disfrutar de la puesta de sol en esa playa, con las aguas azules, ya que no disfrutaría de ello mucho tiempo más.

Volvieron a las 8 de la tarde. Andrea les había preparado una pequeña sopa y una tortilla española, con huevos, patatas y calabacín.

De postre se iban a tomar un *gin-tonic* para terminar sus historias; ni fruta, ni flan, ni natillas, ni nada por el estilo.

Andrea, tras la cena, se retiró a su habitación. Le gustaba leer antes de dormirse. Estaba leyendo *El último encuentro,* de un autor húngaro, Sándor Márai, muy introspectivo y filosófico, pero a Andrea le gustaba el tipo de literatura que te hace pensar, reflexionar, que convierte al lector en detective, resucitando las palabras muertas del autor. Ella decía que un libro es un cementerio con palabras, cuyo Domingo de Resurrección era cuando el lector o lectora posa sus pupilas sobre ellas, para resucitarlas y entender el hilo conductor de la novela. Ella hablaba mucho con su jefe, Robert, sobre libros y literatura. Antes de ser cuidadora de Robert, se había jubilado como profesora de primaria en Melbourne. No le gustaba vivir sola. Tenía a su jefe, Robert. Se hacían compañía entre ellos.

Pasaron al salón, con su mesa de nogal. Robert, siempre con sus legajos, con notas, papeles diversos y fotos. Su hijo, Alfonso, con su pequeño bloc de notas, su bolígrafo y su mirada ávida de saber y entender lo que su padre le contaba.

—Escucha bien, Alfonso —dijo Robert—. En 1959 había abusos sexuales por parte de muchos individuos depravados, de la Iglesia y fuera de ella. Yo fui una de esas víctimas. Lo sufrí, al igual que compañeros de colegio que se suicidaron y, también Manuel, mi amigo y hermano.

»En 2023, la Iglesia, con sus obispos, arzobispos, cardenales e incluso el papa, seguía con su silencio sobre esos cerdos pederastas, religiosos, monjes o curas, que abusaban de niños y niñas. No querían remover su mierda. No les importaban las víctimas, que, en este caso, éramos menores de edad.

»Dentro del marco de la democracia española, en el año 2023, con un gobierno socialista, apoyado por partidos izquierdistas e independentistas del País Vasco y Cataluña, el defensor del pueblo, figura que todavía existe en 2045, Ángel Gabilondo, el 27 de octubre de 2023, entregó a la presidenta de las Cortes Generales, Francina Armengol, un «Informe sobre abusos sexuales en el ámbito de la Iglesia católica y el papel de los poderes públicos».

»Era una respuesta necesaria, dando cumplimiento a la encomienda recibida del Congreso de los Diputados, tras la aprobación de una Proposición no de Ley (PNL), el 10 de marzo de 2022, que contó con el voto a favor de la mayoría de la Cámara Baja, o sea, el Congreso de los Diputados, que es diferente al Senado, llamado Cámara Alta.

»El informe tenía 777 páginas. Decía: «Este informe es para la adopción de las medidas necesarias, en orden, a cumplir, con el objetivo de la encomienda». Decía el defensor del pueblo: «Se trata de un informe necesario, para dar respuesta a una situación de sufrimiento y de soledad, que, durante años, se ha mantenido, de una u otra manera, cubierta por un injusto silencio. Las víctimas son el sentido primero, el sentido último y el sentido central de este informe».

»El informe apuntaba que la respuesta de la Iglesia católica, al menos a nivel oficial, había estado caracterizada, durante mucho tiempo, por la negación o la minimización del problema. Algunas víctimas habían tenido que hacer frente no solo a la negación y a la ocultación, sino incluso a presiones y a reacciones de representantes de la misma, en las que se les culpabilizaba de los abusos sufridos.

»Hubo una amplia encuesta para realizar este informe.

»El 72 % de los encuestados consideraron que el abuso sexual infantil era un problema social grave. Un 24,4 % lo consideraron como muy grave. También, la mayoría de las personas añadieron que no se estaban tomando las medidas adecuadas, para reducir el problema.

»El informe decía que «los abusos sexuales en la Iglesia católica constituían un grave problema social y de salud pública».

»Ángel Gabilondo decía: «El informe aporta claridad, datos y argumentos ante una cuestión que a todos resulta difícil de abordar, pero que es imprescindible hacerlo. Se trata de que la Iglesia asuma responsabilidades, lo que implica responder de y ante lo que ocurre. Queremos que este informe contribuya a la toma de mayor conciencia de la cuestión, y a dar, efectivamente, una respuesta a las víctimas, una respuesta exigida por ellas, con buenas razones».

»El informe decía también: «Escuchar a las víctimas es encontrarse con la voz y la experiencia de un dolor. Y lo sucedido, para ellos y para la sociedad, un verdadero desastre. Yo, como defensor del pueblo, no tengo como misión juzgar, no soy juez. No tengo como misión legislar. No soy legislador. Más bien analizo, pregunto, estudio, investigo, recomiendo y sugiero qué hacer frente a este problema».

»El informe aportaba unas 20 recomendaciones concretas. Una de ellas era celebrar un acto público de reconocimiento y reparación simbólica, por el prolongado periodo de tiempo de desatención y de inactividad, en particular, entre 1970 y 2020. También proponía la creación de un fondo estatal para el pago de compensaciones, a favor de las víctimas de agresión o abuso sexual infantil en el ámbito de la Iglesia católica.

»El 11,7 % de las personas entrevistadas afirmaban haber sufrido abusos sexuales antes de cumplir los 18 años de edad. De ellos, un 0,6 % fueron agredidos sexualmente por un miembro de la Iglesia católica. Un 1,13 % sufrió la agresión en el ámbito religioso, por religiosos o seglares. Un 3,36 %, en el ámbito familiar.

»Dijo el defensor del pueblo que muchos obispos no quisieron colaborar a la hora de redactar el informe. Incluso, algunos, le dijeron: «Deja de enredar con esas cosas. Déjalo estar».

»Cada vez entiendo más a mi padre, cuando acabó con aquellos dos pederastas a martillazos —añadió Robert.

—¿Qué es una machota? —preguntó Alfonso.

Contestó su padre:

—Alfonso, una machota es una herramienta que usan los herreros al igual que un martillo, un macho, unas tenazas, un yunque y muchas otras herramientas. Hay un pueblo, en Ávila, con habitantes que tienen como apellido «Machota». Ese es Poyales del Hoyo, la tierra del buen higo, que maduran antes que en las zonas altas de sierra de Gredos, en Ávila. La machota, como ya sabes, fue el arma del crimen que cometió mi padre, matando a martillazos a esos dos pederastas que habían abusado de mí y de muchos compañeros de mi colegio, y quizás otros, de otros pueblos, sin tener ninguna clase de castigo. Esa machota la llevó mi padre al valle del Henares y la tiró al río desde un gran precipicio. Allí estará. Sí, fue, como te he dicho, el arma del delito.

»Esto lo sé porque, en la cara anterior de la carta de mi amigo y hermano, Manuel Lozano, me lo decía él.

»Me temo, Alfonso, que lo que ocurría en 1959, en los años hasta el 2020 y hasta ahora, es lo mismo de lo mismo. O sea, la Iglesia católica no habla. Guarda silencio. Lo único que sigue haciendo es trasladar a sus cerdos pederastas de parroquia a parroquia, intentando «reeducarlos» —dijo el padre de Alfonso, Robert.

»Me queda, todavía, hablarte de nuestra emigración a Australia y de mi vida en Australia, incluyendo mi carrera como diplomático.

»Eso lo abordaremos, mañana, tras el desayuno, con un paseo, por la playa.

Llegó el domingo. Se levantaron a las 8 de la mañana. El sol ya estaba acariciando las olas. Le dijeron a Andrea que no les preparara ningún desayuno. La iban a invitar a desayunar huevos con jamón, café y pastas en Ron's House, frente a la playa. Salieron los tres dando un buen paseo. Andrea iba pensativa. Sabía que Robert no duraría mucho. Miraba el horizonte, las olas, el sol y las gaviotas, pensando que toda aquella belleza se le acabaría a Robert más pronto que tarde. Le había tomado mucho cariño. Lo veía como a un hermano, como a un amante, como a un buen compañero de vida, como a un excelente vecino, etc. Para ella, sin tener que haber sexo alguno por medio, entre ellos habían llegado al estadio de la pareja estable, con cuidos constantes. Cuando Robert se marchara con las estrellas, Andrea se vería como coja, sin una pierna, sin un ser a su lado, sin alguien a quien cuidar. «¿Qué haré sin él?», se preguntaba en su silencio por la noche y durante los paseos por la playa. Mientras que Andrea navegaba en ese mar de futuro incierto, pero algo amargo, padre e hijo iban charlando sobre cómo acabar el plan de la historia de los Mendozas.

Llegaron a Ron's House. Desayunaron plácidamente. Andrea, no queriendo interrumpir la charla entre padre e hijo, de una forma educada, de pronto, besó a Robert en la mejilla, diciéndole:

—Robert, me voy a casa a preparar la comida. ¿Algo especial?

—Sí —contestó Robert—. ¿Un cocido madrileño? Sé que te sale muy bueno, para los tres.

—Eso haré —dijo Andrea—. Les espero a las 2 de la tarde.

Una vez que Andrea se hubo ido, Alfonso, en el paseo que iban dando hacia la casa, le preguntó a su padre:

—¿Hay algo entre vosotros, Andrea y tú? No lo critico, si es así. Solo es por saberlo.

—Escucha, Alfonso —le dijo su padre—. Entre Andrea y yo no hay ninguna relación sentimental, a nivel de acostarnos juntos o intentar tener algo de sexo. Lo que sí hay es un cariño enorme entre dos seres humanos, que se ven algo solos en este mundo; yo, ya, al final de mi meta y ella presintiendo que me iré pronto. Sí, nos queremos mucho, pero como dos seres que se cuidan, se complementan y se necesitan. Eso es todo.

»Ya es hora de que se entienda que puede haber un amor profundo, una amistad, un necesitar al otro o a la otra, sin que tenga que haber sexo de por medio. Quizás será por la edad avanzada. Quizás porque me llena más el saber que la cuido y me cuida que el pensar que me voy a acostar con ella. Sea lo que sea, somos felices así. Así seguiremos, hasta el final de nuestros días.

»Para mí es el erotismo de la buena amistad y compañía, si puedo definirlo con palabras.

»¿Por qué vemos con buenos ojos solo la amistad entre hombre o entre mujeres?

»¿Es eso machismo? ¿Es feminismo?

»¿No puede haber un sentimiento de amistad profunda entre un hombre y una mujer, sin llegar a «ser bestias del sexo»?

»Nosotros, Andrea y yo, hemos sido capaces de llegar a ese estadio de amistad, sin que haya otro elemento de conexión, como el sexo, entre nosotros. Simplemente, nos apoyamos y nos cuidamos entre nosotros. Punto.

—Creo que te entiendo, papá —contestó Alfonso.

Llegaron a la casa. Eran ya las 10 de la mañana. Tenían esa mañana y esa tarde, antes de que Alfonso volviera a Melbourne. Se iba haciendo tarde. Aún les quedaban algunos temas que tratar, como:

La emigración a Australia y la carrera diplomática de Robert Mendoza y contestar a las preguntas que tuviera en el tintero Alfonso

Tras entrar a la casa, saludar a Andrea e ir al baño a asearse, pasaron al salón, otra vez con las notas y los legajos. Ahora tocaba hablar de la emigración a Australia, en mayo 1959, o sea, hacía ya ¡¡¡86 años!!!, cuando Robert había llegado como Roberto Mendoza ¡¡con solo 9 añitos!! Les daba tiempo a hablar de la emigración a Australia antes de comer.

Tenían aún tres horas, hasta las dos de tarde.

—Papá —preguntó Alfonso—, tu padre, o sea, mi abuelo Enrique, a lo largo de su vida, o sea, entre 1923 y 2015, cuando falleció, se sintió, en su infancia, juventud y su vida como adulto, ¿cristiano o judío?

—Escucha bien, Alfonso —le contestó Robert—. Ten en cuenta de que mi padre, Enrique, no era analfabeto, aunque tampoco había hecho bachiller ni había cursado estudios universitarios, pero sí tenía cuatro cursos de primaria, que hizo en Retiendas, entre 1930 y 1934, acabando a los 11 años, en plena II República, cuando entró en la herrería de su padre, José, quien moriría en 1936.

»Mi padre era un estudioso de la historia del mundo, sobre todo del pueblo hebreo, algo que nació en él cuando su padre le entregó la Torá y el Talmud, a los nueve años de edad, en 1932. Le gustó siempre leer libros sagrados, aparte de esos dos, como el Corán y la Biblia. Era como una búsqueda de su identidad como persona, como creyente o no creyente, algo que quizás hagamos todos los humanos, conscientes o no de ello, a lo largo de nuestra existencia.

»En el caso de mi padre, herrero y carpintero en esa pequeña comunidad cristiana de Retiendas, con sus vecinos, todos cristianos, se dio la circunstancia de que también tenía una amigo musulmán —que vivía en Cogolludo— herrero, como él. Se intercambiaban clientes y trabajos, ya que mi abuelo se especializó mucho en la fabricación de carros, mientras que ese amigo, llamado Tuhami, era más bien fabricante de rejas, picos y palas. Tuhami había venido de Melilla con su esposa, María, cristiana, hija de labradores de Cogolludo, cuyo padre había hecho la mili en Melilla, Regulares 1, casándose allí con una melillense. Tenían una hija, a la que llamaron Fátima. Por supuesto que en Cogolludo no había mezquita como en Melilla, donde sí las había, cohabitando con sinagogas, templos hindúes e iglesias cristianas, pero Tuhami oraba a Alá en su casa, en su huerto, en su jardín. Era musulmán, con su lectura del Corán. Sabiendo que mi padre era muy estudioso de todo lo que fuera Historia y Religión, le regaló un Corán que le había enviado un hermano, desde Nador, cerca de Melilla. Mi padre ya tenía la

Torá, el Talmud y el Corán en 1940. Tras la Guerra cCivil, fue a Guadalajara y se compró una Biblia en una librería muy antigua, cerca de la plaza de la Diputación.

»Cuando yo tenía entre 6 y 9 años, lo veía, en el patio, en un pequeño cobertizo, con una mesa y silla, donde se encerraba de vez en cuando para leer y escribir, con esa mesa de nogal, llena de legajos, fotos, escritos y los 4 libros citados junto a todo ello.

»Un día le pregunté por qué leía y escribía tanto. Me contestó:

«Lo hago para entender el mundo en que vivimos y quiénes somos. Algún día lo entenderás, Roberto. Todo esto será tuyo, para tu estudio. Lo pasarás a tus hijos, y ellos, a los suyos. Recuerda, que, para ser libre y buen ser humano, hay que pensar y reflexionar. Para ello hay que estar informado. Para estar informado, hay que leer mucho y escribir tus reflexiones sobre lo leído, sobre todo estos libros sagrados que ves aquí». Ya lo entenderás, Roberto.

—Papá, ¿por qué no vamos a misa? Mis amigos sí van, aunque no todos.

—Hijo, la misa está en nuestra alma, en nuestro sentir, en nuestro amor por los demás. Ahí es donde, día a día, hora a hora, estamos siempre en misa. No hay que ir físicamente a un edificio llamado iglesia, para ver y que nos vean. Solo hay que hacer lo mejor por los demás, siempre que podamos, hacer que esos demás crean que nos importan. Esa es nuestra misa, Roberto.

—Papá, ¿somos judíos o cristianos? —preguntó Alfonso.

—Roberto, no somos ni cristianos ni judíos. Somos personas, que buscamos nuestra identidad, día a día. Somos seres humanos que debemos ser tolerantes y respetuosos con todo aquello que nuestros semejantes crean o no crean. Nuestro Dios debe ser la bondad; el servicio a los demás; el estar dispuestos, siempre, a ayudar al otro, a socorrerlo, en caso de necesidad; el querer contribuir a que desaparezca la pobreza, el hambre, la miseria, la discriminación, la exclusión social y la desigualdad entre los seres humanos. Sé que ahora, en tu infancia, es muy difícil el comprender lo que aquí te digo, pero mis palabras quedarán ahí, en tu recuerdo, para que las vayas asimilando a medida que crezcas y te hagas un hombre.

»Alfonso —le dijo Robert a su hijo—, mi padre llevaba razón. Con el tiempo comprendí que el decir «este es mi dios, el tuyo es falso» solo conduce a la guerra, al odio, a la venganza, al desastre, al genocidio, como ha sucedido, a lo largo de la historia. Recuerda el conflicto palestino-israelí, desde 1948. Sobre todo, con las matanzas de octubre y noviembre 2023, muriendo niños de ambos bandos, con odio y venganza como banderas. Eso solo produce más odio y deseos de venganza.

»Te haré entrega, cuando acabemos con nuestras historias, de todos estos legajos, historias, cartas, escritos, diarios, fotos y los 4 libros mencionados. Además, quiero que veas esta rueda de carro, con 20 centímetros de diámetro, que tengo aquí, que será tuya también. La hizo mi padre, como juguete para mí y como símbolo y recuerdo de su oficio, de su buen hacer como artista. Los radios son de nogal.

»Me dijo mi padre José, que esa rueda era un símbolo de la vida, con el aro como nuestra alma, con los radios como los valores y atributos, en los que tenemos que apoyarnos para vivir como seres humanos, listos para ayudar a nuestro prójimo. Me recordó lo que había dicho un libertario, un republicano, en la Guerra Civil, llamado El Ángel Rojo, Melchor Rodríguez, fallecido en 1972: «Se puede morir por una idea, pero no matar por una idea. No se debe matar en el nombre de Cristo, Jehová, Alá u otro dios o dioses. Eso es no ser un buen ser humano».

»También me explicó, cuando yo tenía casi 9 años, algo del pueblo.

»Me contó que, a lo largo de los últimos 5000 años siempre fue un pueblo, con su dios, llamado Jehová, pero sin patria, sin nación, siempre como exiliado, expulsado, esclavizado. Es lo que se llamó la diáspora o exilio judío permanente. Entre 1550 y 1300 antes de Cristo, ese pueblo judío estuvo, en Egipto, esclavizado por los faraones, hasta que Jehová mandó al profeta liberador, Moisés, para que los liberara, tras casi 430 años de exilio. Luego hubo más exilios, como, en los siglos VIII antes de Cristo, con los asirios como esclavizantes.

»Luego, en el siglo VI antes de Cristo, vino el exilio babilónico, que duró 70 años. Se les permitió volver a Jerusalén, para construir su segundo templo, dejándoles sin nación, pero algo «autónomos». En el año 6 de la era cristiana, cayeron en manos de los romanos, quienes los esclavizaron también. En el año 66 hubo una rebelión de los judíos contra los romanos. Roma destruyó Jerusalén, incluido su templo, en el año 70. Los líderes judíos fueron asesinados, otros expulsados y otros vendidos como esclavos. En el año 132 hubo otra rebelión. Roma los volvió a esclavizar, cambiando incluso el nombre de Jerusalén por el de Aelia Capitolina. Judea y Samaria se llamaron ya la Siria Palestina.

»Desde entonces, y hasta 1948 —cuando los judíos tuvieron ya su nación soberana, llamada Israel, con asentamientos de judíos de todo el mundo—, hasta hoy, en tierras que eran palestinas, algo que trajo las recurrentes y sangrientas guerras entre palestinos e israelitas, los judíos habían vivido en todo el mundo como exiliados, como extranjeros, como refugiados, perseguidos, como ciudadanos de segunda clase, con impuestos abusivos, discriminación y exclusión social, habitando en barrios judíos, llamados juderías, en ciudades como Toledo, Córdoba y otras, en toda Europa.

»En los siglos del medievo y el comienzo de la Edad Moderna, o sea, siglo XV, los judíos eran expulsados de esos países donde habían vivido cientos de años. De Francia fueron expulsados en 1182. De Inglaterra y Polonia, en el siglo XIII. De Castilla y Aragón, en 1492. En ese siglo XV, también fueron expulsados de Portugal y Navarra. En 1750 todavía quedaban unos 750 000 judíos entre Lituania y Polonia. En el mundo, en esos siglos XVIII y XIX se estimó que había un millón doscientos mil judíos dispersados por todas partes, sobre todo Europa, norte de África, Oriente Medio y Turquía.

»Ahora, en el año 2045, se estima la siguiente población judía:

Israel con 6 millones. EE. UU. con 6 millones. Francia con medio millón. En Canadá, unos 400 000. En el Reino Unido, unos 300 000. En Rusia, unos 200 000. En Argentina, unos 200 000. En Alemania, unos 120 000. En Brasil, unos 110 000. En España, unos 50 000. En el norte de África, en los años cuarenta del siglo XX, había unos 600 000. Ahora solo quedan unos 5000. Muchos se fueron a Israel, en los años 50, 60 y 70 de ese siglo.

»Te explico todo esto, Alfonso, para que sepas que tu sangre judía también debe importarte.

»Debes conocer nuestra historia y nuestro sufrimiento a través de ella.

»Ahora hablemos de la emigración a Australia, cuando mi padre, Enrique, en 1959, emigró conmigo, falleciendo en este país en el año 2015, con mi amigo y hermano, Manuel Lozano, fallecido aquí también en el año 2020, y con mi madre María, fallecida en el año 2017. Tú ya habías nacido, en 1975, 16 años tras nuestra llegada a Australia.

La emigración a Australia (1959)

Mi padre, Enrique, no emigró a Australia sin saber a dónde venía. Quería saberlo todo. Entre febrero y marzo del año 1959, fue algunos días a la Biblioteca de Guadalajara, tomando algunos apuntes sobre este país. Esos apuntes, como cualquier colegial, como un estudiante de Historia, los ordenó y los organizó en este legajo que ahora te entregaré. Te haré un resumen, de, más o menos, lo que aprendió en esas tardes de estudio en la biblioteca.

Él llamó a esos apuntes: ¿Será mi país futuro? Esto es algo de lo que apuntó, como datos, hasta ese 1959:

DATOS QUE MI PADRE APUNTÓ, EN LA BIBLIOTECA DE GUADALAJARA, SOBRE EL PAÍS AL QUE QUERÍA EMIGRAR EN ESE 1959, AUSTRALIA:

Australia tiene una población de 20 millones de habitantes. Es un país soberano, con su continente isla y la isla de Tasmania, más islas menores.

Es como 15 veces España, o sea que tiene 7 741 220 km², con una gran variedad de paisajes y climas, con desiertos en el centro, selvas tropicales en el noroeste y cordilleras en el suroeste. Su lema es: «Advance Australia». Capital: Canberra. Ciudad más poblada: Sídney. Idiomas: lenguas aborígenes y el inglés. Los australianos se llaman «Aussies». Es una monarquía constitucional. La reina del Reino Unido es la reina de Australia, quien delega en un gobernador general. Su Constitución es del 1 de enero de 1901.

Es miembro de: ONU, Mancomunidad de Naciones, OCDE, UKUSA, AUKUS, APEC, BERD, PIF, etc. Limita con el Océano Austral al sur, con el Índico, al norte y al oeste, y con el Pacífico, al este.

Los llamados aborígenes australianos llegaron, desde el sudeste asiático, hace unos 65 000 años. Se hablaban hasta 250 lenguas diferentes cuando llegaron los europeos, en el siglo XVI. Lo primeros europeos en ir por esos lares fueron el neerlandés Willem Janszoon, en 1606, y el español Luis Váez de Torres, por esos años, que le dio su nombre al estrecho de Torres. En 1770, el británico James Cook llegó y dijo que la parte oriental de Australia era ya colonia británica. En 1788 llegaron a esa costa oriental varios barcos británicos con presos británicos, llamados convictos.

Esa colonia se había convertido en un presidio británico, llamado ya Nueva Gales del Sur, con Sídney como capital. Entre 1788 y 1901 se establecieron 5 colonias más que luego serían estados federados, en 1901, como Victoria, capital Melbourne. Australia Meridional, capital Adelaida. Norte de Australia, capital Darwin. Australia Occidental, capital Perth. Queensland, capital Brisbane. Además, la isla de Tasmania, con capital Hobart. En 1901 ya era un país independiente y soberano, con la monarquía del Reino Unido como soberanos, pero con un primer ministro australiano, que gobernaba el país junto a sus ministros, con un Parlamento, con su Cámara de Representantes y su Senado, todo con sus partidos políticos, cuatro de ellos mayoritarios, de los cuales, los laboristas y los liberales se solían alternar en el Gobierno de la nación australiana.

En 1959 los emigrantes ya componían casi un 30 % de la población. Casi la mitad de los australianos, desde esos años 50, tenían, al menos, un progenitor nacido en el extranjero.

Su riqueza se basa en las exportaciones mineras, la banca, la industria manufacturera —como coches, grúas, etc.—, la agricultura y la educación internacional. Ocupa el 5.º lugar en el índice de desarrollo humano. Ocupa uno de los primeros puestos del mundo en calidad de vida, democracia, sanidad, educación, libertad, seguridad y derechos humanos.

Los aborígenes, sin embargo, no fueron bien tratados por el hombre blanco europeo. Comenzaron a morirse a partir del siglo XVI hasta el XIX, con enfermedades y epidemias que llevaron los europeos, como la viruela. Otros fueron asesinados por los colonos europeos, que les robaban sus tierras. La fiebre del oro, en 1850, trajo colonos de China, Norteamérica y la Europa Continental. Esos colonos también masacraron a muchos aborígenes para poder explotar esas minas de oro.

Para colmo, en 1869, LA LEY ABORIGINAL PROTEC-TION ACT, en Victoria, con capital en Melbourne, hizo que los colonos europeos robaran niños aborígenes a sus padres. Se llamó la Generación Robada. Fueron 25 000 niños. Fue algo cruel y muy poco cristiano. En la I Guerra Mundial (1914-1918), 416 000 australianos lucharon, junto a los británicos, contra Alemania. Hubo 60 000 muertos y 152 000 heridos. En la II Guerra Mundial (1939-1945) también lucharon, en el Pacífico, en Europa y Oriente

Próximo. Los japoneses bombardearon Darwin, al norte de Australia. Alemania, Italia y Japón perdieron esa guerra. Los australianos tenían prisioneros japoneses por toda Australia. En Melbourne estaba el campo de concentración de Maribyrnong, un suburbio a 8 kilómetros del distrito comercial. En 1959, se comenzó a planificar como Maribyrnong Migrant Hostel, para recibir a emigrantes de todo el mundo.

Tras la II Guerra Mundial, en 1945, el lema era «poblar o perecer». Por ello, miles de emigrantes llegaron a Australia, tras esa guerra mundial. Se llamaron «nuevos australianos». El primer ministro, en 1959, era Robert Menzies. En ese 1959 se inauguró el Sidney Myer Music Bowl, la Ópera de Sídney, se reabrió la embajada soviética, cerrada desde 1954, Gregory Peck y Ava Gardner protagonizaron una película rodada en Melbourne, llamada On the Beach.

—Como ves, Alfonso, tu abuelo Enrique lo estaba planificando todo con detalle. Tenía claro que iba a emigrar, pero no a Alemania, como muchos otros españoles, sino a 16 000 kilómetros de España, o sea, a Australia, algo que haría, en mayo de 1959. La mayoría de los emigrantes españoles y españolas, en los años 60 y 70, iban a Europa y a Sudamérica. Pocos iban a Australia. Lo veían muy lejos. El viaje era muy largo, en barco o en avión. Los barcos salían de Bilbao o Barcelona. El avión hacía 3 escalas. El venir de Alemania, por ejemplo, a España, era más barato, para ver a la familia de vez en cuando. El venir desde Australia era caro y largo de viaje. En Australia necesitaban oficios: albañiles, herreros, fontaneros, carpinteros, mecánicos, ingenieros, etc.

Algunos se iban a los EE. UU. o a Canadá, pero el papeleo y la burocracia era todo más complicado. Australia, con su embajada —en la calle General Sanjurjo, 44, Madrid—, se lo ponía más fácil a esos que querían emigrar, con familia o sin ella.

»Mi padre, Enrique, desde que llegó a Australia, en 1959, hasta su muerte, en el año 2015, vivió con varios primeros ministros rigiendo el país, algunos laboristas y otros liberales, lo que en España se llamarían, tras nuestra democracia, en 1978, los socialistas y los de derecha o Partido Popular, además de otros partidos, en ambos países, por supuesto. Esos primeros ministros fueron:

- Robert Menzies, 1949-1966
- Harold Holt, 1966-67
- John Mc Ewen, 1967-68
- John Gorton, 1968-71
- W. McMahon, 1971-1972
- Gough Whitlam, 1972-75
- M. Fraser, 1975-83
- Bob Hawke, 1983-1991
- Paul Keating, 1991-96
- John Howard, 1996-2007
- Kevin Rudd, 2007-2010
- Julia Guillard, 2010 y 2013
- Kevin Rudd, 2013
- Malcolm Turnbull, 2015-2018

—Una vez muerto mi padre, hubo un primer ministro muy curioso por su historia personal. Se llamaba Anthony Albanese, sí, ¡¡¡apellido italiano!!! Comenzó a gobernar el 22 de mayo del año 2022. Su padre era el italiano Carlo Albanese. Su madre, de ascendencia irlandesa, era Maryanne Ellery. Él había emigrado a Australia desde Barletta, Italia. Dejó embarazada a Maryanne. Fue madre soltera. Él desapareció del mapa. Anthony, su hijo, no supo quién era su padre ¡¡¡hasta el año 2009!!!, cuando había cumplido 46 años. También se enteró entonces de que tenía dos medio hermanos. Para esa investigación tuvo que recurrir a la Embajada Australiana en Roma. ¡¡¡Llegó a ser primer ministro de Australia!!!

»Mi padre, Enrique, viendo que la miseria, el hambre, la cartilla de racionamiento y la injusticia social se enmarcaban en una España de represión, posguerra civil, en 1959, no lo dudó. Quería emigrar lo más lejos posible de España, donde no veía futuro, al igual que muchos otros españoles que emigraron —unos 2 millones de ellos— entre los años 40 y los años 70 del siglo XX.

»Y así se había empapado sobre la clase de país que era Australia. Había hecho sus deberes. Era herrero, algo que Australia demandaba, entre otros oficios. Tenía salud. Todavía era joven, con 36 años; su esposa, María, con 32 años; yo, con 9; y Manuel Lozano, con 13. Veía un horizonte prometedor. Había que emigrar. Contactó, en enero 1959, con un primo que trabajaba, para un marqués, en el Barrio de

Salamanca, Madrid. Le dijo que le ayudara a emigrar, con lo del papeleo y los trámites, a través de su jefe. Rodolfo, su primo, le dijo que su jefe le había informado, a través del embajador de Australia, de que había una Operación Canguro para emigrar a Australia. Le dio la dirección de la Embajada Australiana. El 7 de marzo de 1959, mi padre, acompañado por su primo, fue a la embajada. Dijo que tenía 36 años, que era herrero y la familia que tenía. La embajada le dijo que se podía acoger al Plan Canguro, con su oficio de herrero. Le dieron una lista de documentos a aportar más una solicitud de emigración, donde tenían que firmar su esposa y él. Para Australia, la mujer era una ciudadana de primera línea, como el varón, no como en la España de entonces, donde era de segunda clase, o sea, cocina, niños, labores y a cuidar al marido. La mujer australiana, ya, en 1959, había conseguido «su liberación del macho, ibérico o no ibérico». Si ella no firmaba, no podían irse. Se irían en barco, que salía desde Bilbao, en mayo 1959, si aprobaban su emigración, tras el correspondiente examen de herrero y reconocimiento médico.

»Mi padre volvió a Retiendas. No le contó a nadie sobre su plan de emigrar. Solo a su familia y a dos buenos vecinos que le comprarían la casa y las herramientas. Juntó lo que le pedían: DNI, pasaporte —donde ponía: «Profesión: Forjador»—, una carta del alcalde de Retiendas sobre su buena conducta como ciudadano, el certificado de matrimonio, el documento del notario sobre la adopción de Manuel

Lozano, los informes del colegio —el mío y de Manuel—, la partida de nacimiento de nosotros dos, etc.

»Sí, mucho papeleo, pero merecía la pena. Australia le contestó el 15 de abril de 1959. Aceptado para el Plan Canguro. Podían emigrar. Fue al cementerio de Villanueva del Centeno a visitar el panteón con las tumbas de sus antepasados. Allí, junto a todos nosotros, en silencio, rezamos una oración. Por sus almas. Mi madre depositó unas flores con lavanda, algo de Guadalajara.

»Volvimos a Retiendas. Comenzó a vender sus herramientas, aunque algunas las regaló a compañeros herreros de Marchamalo, Valverde de los Arroyos, Majaelrayo y Fontanar. Fue a despedirse de su amigo Tuhami, de su primo, en Madrid, y de algunos conocidos en pueblos como Fuentelahiguera de Albatages, Usanos y Cogolludo, que además habían sido clientes de él. Cobró algunas deudas de esos amigos. El dinero le vendría bien para cambiarlo por dólares australianos en su momento. Su equipaje tenía como ingrediente principal sus libros sagrados, sus legajos, escritos, diarios de la familia, fotos, etc., además de la rueda-juguete, ya mencionada. Solo una pequeña maleta por persona.

»Es todo lo que prepararon. Mi madre, María, fue a despedirse de una prima hermana, en Fontanar. Era la familia que le quedaba. Manuel Lozano tenía un tío lejano, pero que se había ido a Alemania en 1955.

»La embajada le confirmó, el 3 de mayo, que el barco zarparía, de Bilbao, el 20 de mayo. Se llamaba Montserrat. Irían muchos más emigrantes con ellos. Además, tenía que llegar a Grecia, donde cogería a más pasajeros, emigrantes griegos.

»Mi padre estaba todo entusiasmado con su próxima emigración a Australia. El sábado 16 de mayo de 1959, firmaron la venta de la casa ante notario en Guadalajara, a Ramón, su vecino, a quien regaló todo el mobiliario, 5 cabras que le quedaban, 3 ovejas y 2 martillos. Hicieron las maletas, para esa emigración, llevando lo mínimo. Fue al banco. Sacó el dinero que tenía, incluido lo que le habían dado por la casa. Tenía un total de 30 000 pesetas, que cambiaría, al llegar a Australia, en dólares australianos.

»El domingo 17 le propuso a mi madre dar un paseo para despedirse del pueblo, sabiendo que no lo volverían a ver más.

»Recorrieron las 4 o 5 calles de Retiendas. Llegaron hasta la iglesia, Parroquia de San Juan Bautista, que estaba cerrada. Se sentaron unos minutos frente al ayuntamiento, mirando al cielo y a dos cigoñinos que estaban en la torre de la iglesia, esperando a su madre cigüeña. Fueron hasta la fuente. Se volvieron a sentar.

»Fueron hasta las puertas del cementerio, con un banco en la puerta. Se sentaron y pensaron en todos aquellos vecinos y amigos que reposaban en ese lugar. Sus antepasados yacían en Villanueva del Centeno, a donde había ido, días anteriores, a despedirse de ellos y ellas.

»Manuel y yo estábamos en las ruinas del Monasterio de Bonaval, esperando a nuestros padres, que tardaron una hora en llegar. Nos sentamos los cuatro. Mi padre volvió a contarnos la historia de ese monasterio, con su fundación, en el siglo XIII, y la marcha de los monjes a Toledo, en el siglo XVIII o XIX.

»Daba pena ver sus ruinas, algo que había florecido, como arquitectura del Medievo, en medio de aquella flora y fauna.

»Tampoco lo volverían a ver nuestros padres. ¿Nosotros? Yo sí lo vería otra vez cuando fui de embajador de Australia en España.

»Manuel no lo pudo ver. Nunca volvió a España.

»Volvimos a la casa. Mi padre nos dijo que el lunes 18 iría en el coche de Guillermo, hijo de Rafael, un compañero herrero de Valverde de los Arroyos, a despedirse de ellos, de otro herrero de Cogolludo, otro de Majaelrayo y otro de Marchamalo.

»Ese coche, muy popular y barato para aquella época, era un Citroën 2 caballos, francés, que nos llevaría a la Estación del Norte, de Madrid, el martes 19, para coger el tren a Bilbao. En esa ruta, con ese coche, fue sacando, de un saco que llevaba, herramientas —como martillos, machos y machotas, además de tenazas, alicates, destornilladores, etc.— que fue regalando a todos esos herreros de esos pueblos, con los que había convivido, trabajado y negociado a lo largo de los años. Él sabía que el vecino que le compraba la casa no era herrero ni carpintero. Era pastor y labrador. Vivían de una piara enorme de cabras y de unas 50 ovejas, más algunas tierras que labraban.

»El martes 19 de mayo de 1959 se levantaron, a las 6 de la mañana, con la oscuridad de la noche, todavía reina de las cumbres y de los pueblos. Amanecería a las 7:45, de la mañana, pero ellos ya no verían ese amanecer, al menos en Retiendas, donde ya se había despedido del alcalde y de algunos vecinos más el día anterior.

»Desayunaron. A las 7 vino Guillermo, con el Citroën 2 caballos, donde cabían 4 adultos. Delante iba mi padre, con el conductor. Detrás, un poco apretujados, nos sentamos mi madre, Manuel y yo.

»¿Equipaje? Solo una maleta para mis padres y una pequeña para Manuel y para mí. Poca ropa y tres botellas de agua. Llegamos a Madrid, tras unos 112 kilómetros, parando en la Estación del Norte. Dimos las gracias a Guillermo, a quien mi padre pagó con 300 pesetas. El tren para Bilbao, en tercera clase, costaba 18 pesetas por pasajero, niños incluidos. Salía a las 10:50 horas. Eran unos 400 kilómetros, con unas 7 horas y media de viaje. Los asientos de madera, algo incómodos, ya que era tercera. Los de primera clase, para gente pudiente, costaba el billete casi 30 pesetas. Mi madre sacó unos bocadillos, de tortilla francesa, que había preparado el día anterior.

»Tardamos creo que medio minuto en comerlos. Teníamos mucha hambre. Mi madre dijo que si queríamos agua. Mi padre le contestó sacando una botella de vino tinto que llevaba en un pequeño zurrón. Para ella fue una sorpresa. Bebimos todos, a morro, sin vaso. No quedó ni una gota. Mi padre dijo que yo podía beber también, aunque poco, por ahora. Ya tendría tiempo, en mi futuro, como adulto, de beber más.

»A lo largo del camino hacia el norte de España, vimos de todo: pastos, tierras de labranza, bosques, olivos, ovejas, cabras, vacas, personas en el campo, trabajando siempre, de sol a sol, etc. Para mí, algo cansado, pero agradable fue el viaje. Era algo nuevo. Nunca había imaginado que España fuera tan grande y diversa.

»Entramos en el País Vasco, a las 4:30 de la tarde. Llegamos a la estación de Bilbao, alrededor de las 6 de la tarde. Preguntamos por una pensión cerca del puerto, de donde saldría el barco el miércoles 20, a las 12 del día. Mi padre nos recordó el nombre del barco, que era Montserrat.

»Fuimos a la pensión Aldecoa, cerca del puerto, para ir andando al barco al día siguiente. Cogimos dos habitaciones. Una para mis padres y otra para nosotros, Manuel y yo. Antes fuimos a un bar cercano a comer algo de sopa y un huevo frito con patatas. No nos dio tiempo a dar una vuelta por Bilbao. Ya era de noche. Se habían encendido las luces de la ciudad. El sol se había ido de vacaciones —quizás a Australia—, mientras que la luna reinaba en un cielo poco estrellado, más bien oscuro y algo nublado. Estábamos en otra España, o sea, el País Vasco, no Castilla, de donde veníamos. No era ni mejor ni peor, simplemente diferente al lugar de donde procedíamos.

»El 20, miércoles, nos despertamos a las 8. Tras el aseo personal, sin ducha alguna, con mi padre ya afeitado, desayunamos en el bar cercano, ya con nuestro equipaje, a nuestro lado. Eran las 10:30 cuando nos fuimos, dando un paseo hasta el puerto. Nunca había visto tanta maquinaria, grúas, camiones, ajetreo, trabajadores con mono azul, y el sol ya rey del día. Mi padre nos fue contando que, tras la Guerra Civil, en 1939, hacía ya 20 años, muchos andaluces, castellanos y gallegos, no solo habían emigrado a Alemania, Francia, Holanda, etc., sino que también llegaron al País Vasco y a Cataluña, donde había mucha más industria que en el resto de España. El puerto de Bilbao era ya uno de los más importantes de Europa, con una gran cantidad de importación y exportación, con los camiones, entrando y saliendo de él para llevar o traer su mercancía, a y de toda España. Era muy duro ese trabajo de camionero. Mi padre había conocido a José María, de Retiendas, que había emigrado, en 1947, a Bilbao, para trabajar como camionero. No lo volvió a ver, pero su madre, la señora Antonia le decía a mi padre que su hijo trabajaba mucho en «aquel Bilbao, tan al norte y tan lejos». La pobre murió, sin verlo, en 1950, de una neumonía en su casa, sin poder haber ido al Hospital de Guadalajara.

»Recuerdo que mi padre, en el viaje de tren, nos contó que, en España, sobre todo en el centro y sur, un obrero ganaba, en 1959, una media de 9600 pesetas al año, o sea, 800 al mes, lo que es unas 26 pesetas diarias. El billete, en tercera clase, del tren, como ya te he dicho, nos costó, a cada uno 18 pesetas, o sea, más del 50 % del salario de ese obrero en un día.

»Por supuesto, no se podía ir en primera clase. Eso estaba reservado para los potentados, no para el pueblo llano.

»Algunos emigrantes, de toda Europa, no viajaban a América o Australia en avión, sino en barco. Entre 1958 y 1964, unos 8000 españoles emigramos a Australia. Era una de las travesías más largas en barco, llamada Operación Eucalipto, árbol típico de Australia, con el barco Montserrat, listo para navegar unos 16 000 kilómetros por los océanos, a merced de los vientos, la lluvia, los temporales y las olas. Iríamos por el mar Rojo, el Mediterráneo, primero, y, por último, el océano Índico.

»Llegamos al barco. Nos dieron el camarote para cuatro personas. El barco zarpó del puerto de Bilbao, a las 12:30, de ese miércoles, 20 de mayo de 1959. No nos imaginábamos nuestra próxima odisea, a bordo de ese barco.

»La Compañía Trasatlántica Española, fundada en 1881 por el marqués de Comillas, Antonio López, con barcos como el Montserrat y el Begoña, construidos en Baltimore, EE. UU., en 1945, para usarlos como buques de carga para la Armada americana, los había comprado después. Entre 1948 y 1949 había llevado a Israel a miles de judíos emigrantes para que tomaran posesión de tierras palestinas, llamándose a esos «asentamientos», algo que no gustó a los palestinos, empezando una guerra entre palestinos e israelíes desde ese 1948 hasta hace pocos años, con miles de muertos en ambos bandos, sobre todo civiles, mujeres, niños y niñas. Muchos de esos judíos iban en esos barcos desde China, donde se habían refugiado en la II Guerra Mundial.

»En 1957, el barco Monserrat se empezó a destinar para llevar toda clase emigrantes a América y a Australia. Tenía una capacidad de 825 pasajeros.

»Tras atravesar el Mediterráneo, llegamos a Grecia, donde subieron unos 700 emigrantes griegos, que darían un buen dolor de cabeza al capitán del barco y a su tripulación. El viaje a Australia demostró que ese barco no había tenido un buen mantenimiento técnico, que, por supuesto, cuesta dinero. Tuvo grandes problemas técnicos, teniendo que hacer un desvío hacia Colombo, Sri Lanka.

»Los temporales casi hundieron el barco. Nos salvamos, de milagro. Mientras que el marqués de Comillas y sus socios/amigos, dueños de la nave, se comían su buen marisco en sus terrazas, regado con un buen vino, nosotros estábamos a punto de perecer en el mar, porque ellos no quisieron que el barco tuviera sus revisiones para que navegara con seguridad. Así se escribe la historia, Alfonso.

»El pato siempre lo paga el pobre, el excluido socialmente. El potentado, a dormir y comer y beber bien. He llegado a la conclusión de que solo la muerte nos iguala. El resto es una mentira que nos hace perseguir una felicidad, que no existe. Lo que sí existe es cómo te vas adaptando a las curvas de la vida, en esa carretera que se acaba, antes o después, para todos nosotros.

»Estuvimos dos semanas en Colombo, mientras intentaban arreglar la avería del barco. En ese Colombo había cuervos que te cagaban encima, vacas en las calles, pobrezas por todas partes, prostitutas, niños mendigando, etc. Me recordó la España de nuestra posguerra, sobre todo, entre 1939 y finales de los años 50.

»Tras reanudar la travesía, el barco siguió con sus problemas mecánicos. Hubo un motín de los emigrantes griegos, que estaban hartos, creyendo que nos íbamos a hundir. Decían que teníamos que volver a Sri Lanka. Hubo como una guerra entre emigrantes españoles y griegos, con el capitán intentando mediar. Tras casi dos meses de travesía, el barco, por fin, llegó al puerto australiano de Freemantle, el 29 de junio de 1959. Íbamos 150 españoles y 700 griegos. Nos llevaron en tren a Melbourne, capital del estado de Victoria. Estaban preparando un campo de concentración australiano, usado para los prisioneros japoneses, de la II Guerra Mundial, llamado Maribyrnong, pero aún no estaba listo para nosotros. Nos alojaron en pisos y casas del Gobierno. Los españoles que llegaron en los 60 sí fueron a ese campo de concentración, llamado Maribyrnong Hostel, con casetas, oficina de empleo, comedores, jardín para los niños, con columpios, etc. Yo no lo vi ni lo disfruté.

»El 1 de julio de 1959 vinieron unos autocares, recogiendo hombres emigrantes, de todas las nacionalidades, yendo barrio por barrio.

»Mi madre y nosotros nos quedamos en el piso que nos habían dejado, sin pagar alquiler ninguno. Se llevaron a mi padre a la General Motors para trabajar sus 8 ocho horas en lo que llamaban la línea del bloque del motor. Más tarde pasaría a trabajar en la Massey Ferguson, luego en la Ford.

»Por último, en la Dunlop, fábrica de ruedas de coches y tractores.

»Manuel y yo comenzamos a ir al colegio; yo a primaria, y él, a secundaria, en septiembre de 1959. El curso en Australia suele ir de febrero a diciembre.

»Al año de estar en ese piso, nos llevaron a South Melbourne, a un edificio altísimo, donde estrenamos un piso, en la octava planta. Todo nuevo. No era nuestro. Era alquilado. Pagábamos 11 dólares al mes. Mi padre ganaba lo suficiente para poder pagar ese alquiler, comer y vestir. Mi madre empezó a trabajar para una señora judía en Caulfield, un barrio de Melbourne con muchos judíos de clase media alta, cuyos hijos solían ir a Caulfield Grammar School, un colegio anglicano, cuya escuela de primaria era Malvern.

»Llegó el año 1961. Mi padre se fue a trabajar a unos talleres de coche que había cerca de South Melbourne. Allí estuvo 5 años, hasta 1966, cuando compró su casa, con una hipoteca del ANZ Bank, en otro barrio, cerca de Caulfield. Yo, con 16 años, fui ya a Caulfield Grammar School durante dos años. A los 18, cuando acabé, me matriculé en Monash University, estudiando Políticas y Económicas. Yo quería ser diplomático. En mi Escuela de Caulfield aprendí francés; ya dominaba el inglés y el español. Mientras estudiaba en la universidad, también comencé a hacer traducciones para una empresa americana, de inglés a español y viceversa.

»Con lo que ganaba en las traducciones, me iba pagando los estudios universitarios. Mi madre dejó de trabajar.

Manuel también estudió en Monash University, pero hizo Informática, trabajando, luego, en el ANZ Bank. Iba a clases de inglés y de pintura. Nunca la vi tan feliz. Australia nos daba libertad, seguridad y tolerancia. Con los años, mi padre se asoció con Carmelo, un italiano, mecánico del automóvil. Pusieron su propio taller, en South Melbourne.

»Aparte del Plan Canguro, que nos llevó a Australia, hubo otros proyectos de emigración como producto de convenios con países europeos, como España. Más de 700 españolas viajaron a Australia, en la década de los años 60, mediante un acuerdo de emigración asistido. Era el Plan Marta, solo para jóvenes españolas. Ese plan ofrecía:

¡¡¡Billete de avión, no barco!!! y trabajo como empleadas de hogar. La idea era que echaran raíces allí y se casaran, para que aumentara la población de Australia.

»Entre ellas hubo una tal María Teresa Santamaría y otra, Cristina Gómez, quienes, en los años 20 del siglo XXI, se reunieron en el Centennial Park de Sidney, junto con otras como Leontina García Calzón, ya todas en sus años 80. Habían llegado a Australia, el 10 de marzo 1960, junto con otras 21 jóvenes españolas. La Iglesia católica de Melbourne les organizaba el trabajo doméstico durante 2 años. Luego eran libres para navegar por el mundo laboral australiano. La España que dejaban atrás, todavía bajo la dictadura, era patriarcal, machista, atrasada, raptada por la Iglesia católica, en la que las mujeres estaban destinadas a la cama del marido, a cuidar a sus hijos y a él, ¡¡¡y quizás hasta a la suegra!!!

»El primer avión que llegó era «el de las novias». La prensa australiana las llamó «las señoritas from Spain». El ministro de Inmigración, Alexander Downes, les dio la bienvenida. Muchos españoles varones y algunas mujeres españolas, todos emigrantes de tandas anteriores, recorrieron hasta 1600 kilómetros para recibirlas, con cantos y bailes de pasodoble.

»Australia quería industrializar una superficie equivalente a un 75 % de Europa. Era «poblar o morir». Había que aumentar la población. Entre 1960 y 1963 llegaron varios vuelos con jóvenes españolas, tras 16 000 kilómetros de avión.

»Léase el libro *Operación Canguro,* sobre la emigración española a Australia, escrito por Ignacio García.

»Esos aviones tardaban muchas horas, con escalas en Grecia, Singapur y Filipinas antes de llegar a ciudades como Melbourne.

»Comentaban muchas de esas españolas, con el tiempo, que las señoras jefas, para las que trabajaban, eran educadas, consideradas y cumplidoras, tratando muy bien a sus trabajadoras. «Nos sentíamos como personas con ellas», nos contaba una de esas trabajadoras. Una de ellas recuerda que su señora, lo primero que hizo fue llevarla a la playa, para que se lo pasara bien y se bañara si quería.

»Por supuesto, esas jóvenes conocieron a jóvenes españoles, solteros, y de otras nacionalidades. Se emparejaron, se casaron, tuvieron hijos, y la población australiana aumentó. Ese era el objetivo de esos planes de emigración. También llegaron algunas madres solteras que en España estaban discriminadas, teniendo que dejar a sus hijos con familiares o en orfanatos. Con el tiempo, consiguieron traerlos a Australia, con ellas. Algunas sí habían conseguido ir con sus hijos de primeras.

»En el año 1965 cumplimos seis años como emigrantes a Australia.

»Mi padre tenía 42 años. Mi madre, 38. Manuel tenía 19 años. Yo tenía 15. Solicitamos la nacionalidad australiana, que se nos concedió, en 1966. Ya éramos españoles y australianos, o sea, doble nacionalidad. Eso me permitía a mí ser funcionario de Australia, algo que yo ansiaba desde que llegué. No me preguntes la razón. No sabría explicártelo, Alfonso.

»Quizás es porque comencé a amar este país, debido al grado de libertad de la que se podía gozar, algo que no teníamos en aquella atrasada y reprimida España, de la que salimos ese 20 de mayo de 1959.

»Allí, en ese taller que había montado con su socio, se jubiló mi padre, en 1988, a los 65 años de edad. En 1973 conocí a tu madre, en el Club Español. Si mal no recuerdo, los dos teníamos 23 años. Nos casamos.

»Ten en cuenta, Alfonso, que mi memoria biográfica no es la que era. Me puedo confundir con algunas fechas y datos.

»Tú naciste en 1975. Luego te explico mi carrera de diplomático.

»Manuel, ya con 27 años, se fue a vivir con su pareja, Andrew, un australiano, de origen irlandés, director de una sucursal del ANZ Bank.

»Eran muy felices, en el marco de la libertad que les ofrecía aquel país. Nunca adoptaron a nadie. Andrew cuidaba a su madre, que tenía ELA. Vivían en su casa. Cuando ella murió, ya viuda, Andrew heredó esa casa, viviendo en ella, con Manuel, hasta la muerte de este, en el año 2020, con 74 años.

»Andrew se había quedado «viudo» de Manuel con 70 años, falleciendo, al año siguiente, de cáncer de pulmón. Para mí fue como un segundo hermano, tras Manuel.

»Mi padre ya había muerto, cinco años antes, en el año 2015, con 92 años. Mi madre le sobrevivió solo 2 años, falleciendo en el año 2017, con 90 años. Yo seguí adelante, con tu madre y contigo.

»Habiéndome jubilado, en el año 2015, con 65 años. Tú tenías ya 40 años, siendo ya diplomático de carrera, australiano. Tu hijo, Ken, que me hizo muy feliz como nieto, nacido en el año 2005, tenía 10 años, 12 cuando murió tu madre.

»Ken fue una alegría enorme para esa abuela llamada María.

»Pronto me reuniré con todos ellos. Va llegando mi hora. No debo llegar tarde a esa cita. Las estrellas siguen con su brillo, esperándome, habitadas por todos nuestros seres queridos. En el año 2006 nació Esther Mendoza, tu hija, que llegaría a ser Ministra de Igualdad en Australia.

Esa noche, tras la charla de Robert, Alfonso, Andrea y él cenaron solo un yogur y algo de fruta. Se acostaron pronto. El lunes por la mañana, antes de que, por la tarde, después de comer, se volviera Alfonso a Melbourne, Robert le terminaría la historia, hablándole de su carrera como diplomático australiano. Una vez que se marchara su hijo, Robert y Andrea se quedarían solos, con los amaneceres, las olas, los paseos por la playa, las puestas de sol y los recuerdos, pero siempre juntos, hasta el final. Eso era felicidad, al final de su etapa. No lo cambiaba por nada.

Por supuesto que, de vez en cuando, miraba algunas fotos de la Retiendas de su infancia, que no eran muchas, ya que, en aquel entonces, las fotos eran muy caras y escasas.

Robert como diplomático australiano

—Alfonso, esta mañana vamos a dar un paseo, por la playa. Nos sentamos en el banco de siempre. Es lunes y los dos estamos ya jubilados, sin prisas. Mientras que Andrea se queda en casa, creo que con la limpieza de las habitaciones, según me ha dicho, tú y yo, a lo nuestro: intentar terminar con la historia de los Mendoza —dijo Robert.

—Muy bien, papá. Como tú digas —dijo Alfonso—. Creo que me iré mañana, no hoy, por la mañana. No quiero conducir, hasta Melbourne, por la tarde noche. Mis reflejos ya no son lo de antes.

—Escucha bien, Alfonso:

»Llegaron los años sesenta. Nosotros ya, habiendo llegado en junio 1959, estábamos aprendiendo inglés y adaptándonos a este nuevo país, con su libertad, seguridad y democracia, algo que en España se tuvo, más o menos, en la II República, entre 1931 y 1936, pero que la perdimos, como la Guerra Civil, en 1939.

»En 1967 vimos las noticias diciéndonos que había una guerra llamada la de los Seis Día, entre los días 5 al 10 de junio, en Oriente Medio. Era Israel contra sus vecinos islamistas:

»Jordania, Siria y Egipto. Ganó Israel, que ocupó más territorio, multiplicando lo que ya tenía ¡¡por tres!!

»EE. UU. seguía con su interminable e inútil guerra en Vietnam.

»España abrió las puertas a los bikinis a través del pequeño pueblo pesquero de Benidorm, en Alicante.

»España quería turistas, negocio, dinero. La Iglesia católica tuvo que ceder y callarse ante lo que se definió como «la pornografía del bikini».

»En Grecia acababan de echar al rey Constantino, al igual que habíamos hecho en España con Alfonso XIII en 1931.

»Mi padre, Enrique, ya con 47 años, seguía con su trabajo de mecánico del automóvil. Le gustaba. Era feliz.

»Retiendas y las envidias de otros herreros de la zona quedaban en un pasado lejano, sin añorar nada de ello.

»Yo estaba acabando, casi, mi bachiller en Caulfield Grammar School, ya con 17 años. Tenía claro que quería ser diplomático australiano. Me gustaba la historia. Quería servir a mi nuevo país y mejorar las relaciones internacionales.

»Mi madre había dejado de trabajar. Ella seguía con sus clases de pintura. Hacía una cosa nueva que se llamaba *mindfulness* con otras señoras en un centro de actividades culturales, cerca de casa. También había mejorado mucho su nivel de inglés. Tampoco echaba de menos la España del machismo ibérico, la de la penuria y la cartilla de racionamiento.

»Manuel, ya con 21 años, estaba en Monash Universtiy, estudiando algo que hoy llamamos Informática. ¿Es posible que me esté repitiendo?

»Sí. Es la maldita memoria biográfica, que borra mucho pasado, escogiendo no sé si solo los hechos y datos buenos.

»1968 llegó con una gran convulsión en todo el mundo, aunque España seguiría con su dictadura hasta la Constitución de 1978 o, al menos, hasta que muriera Franco, en noviembre de 1975.

»¿Qué pasaba en el mundo en ese 1968? Resumiendo:

1. La Guerra de Vietnam seguía adelante, con madres americanas perdiendo a sus jóvenes hijos. Puede que ya te lo haya dicho, Alfonso, pero, si es así, te lo repito:

Las guerras las hacen jóvenes contra jóvenes, que no se conocen, mandados por adultos que sí se conocen.

¿Quiénes mueren? Los que no se conocen, matándose los unos a los otros, dejando a padres sin hijos, a mujeres sin novios o maridos, a hermanos y hermanas sin hermanos, etc.

¿Quién gana esas guerras? Sobre todo los fabricantes de armas:

Ametralladoras, fusiles, tanques, aviones, misiles, cañones, munición, combustible, etc. Esos son los ganadores de las guerras, que no mueren, sino que están comiéndose un buen filete, con un buen vino, mientras que esos jóvenes se siguen matando, muriendo civiles también, como los niños y niños que murieron, en 2023, en la guerra entre palestinos e israelitas, con bebés incluso muriendo en los hospitales.

Nosotros, los diplomáticos, tenemos que ponerles las pilas a los políticos, haciéndoles ver que las guerras solo traen sufrimiento a todos los bandos en la contienda, no solo a uno.

2. Los asesinatos de Robert Kennedy y Martin Luther King.

3. La Primavera de Praga, un movimiento social, que quería expulsar a los soviéticos de Checoeslovaquia.

4. La matanza de Tlatelolco, en México, cuando miles de jóvenes pedían libertad. Asesinaron a unos 300 jóvenes y líderes políticos y sindicales.

5. El Mayo francés, con revueltas estudiantiles, pidiendo libertad y justicia. Bajo el eslogan «todos somos alemanes judíos», el llamado Dany el Rojo, hijo de padres alemanes, de origen judío, simbolizó esa lucha por la libertad y la justicia.

»Nosotros, en nuestra Australia, seguíamos disfrutando de libertad y democracia. Yo acabé mi bachiller, en Caulfield Grammar School.

»Me matriculé en Monash University, para cursar Políticas y Económicas. Yo quería también hacer Derecho al mismo tiempo, pero me dijeron que no podía, que eligiera.

»En 1969 el Maribyrnong Hostel, ese alojamiento gigante para emigrantes, incluidos españoles, estaba recibiendo ya a cientos de ellos. Muchos de esos españoles, tras la muerte de Franco, en noviembre de 1975, en sus reuniones de amigos y familiares en el Club Español, comentaban que España, tras esa muerte del dictador, había cambiado. Esos cantos de sirena hicieron que muchos volvieran a España, para darse cuenta de que, como mi abuelo decía, «los machos estaban clavados», o sea, que España no había cambiado tanto. Le quedaba mucho para llegar al nivel de desarrollo económico, social y político con el que disfrutábamos en Australia. Algunos de esos españoles que volvieron en los años 80, en el año 2020 ya tenían entre 80 y 90 años. Sus hijos, los que habían vuelto con ellos, los metieron en residencias de mayores, esperando heredar pronto. Llegó la pandemia del COVID-19, con los Protocolos de la Vergüenza de Gobiernos como el de Madrid, que prohibía que se hospitalizara a esos mayores, no fueran a infestar al resto de los mortales.

»Murieron casi 8000. Muchos eran de esos que habían vuelto de la emigración. Murieron aporreando las puertas de las habitaciones, diciendo: «Tengo hambre. Tengo sed. No puedo respirar». Esa era la España cruel e injusta, todavía, en ese 2020.

»El consejero de política social de Madrid, señor Reyero, dimitió en octubre 2020, al no estar de acuerdo con aquella política de genocidio de los mayores. Escribió, luego, un libro titulado *Morirán de forma indigna*. Léelo, Alfonso.

»Terminé mi universidad, con 23 años, en 1973. Ya conocía a tu madre. Nos casamos. Tú, Alfonso, naciste en 1975, año de la muerte de Franco. Perdona si me repito. Mi memoria biográfica, o la falta de ella, me hace repetirme demasiado. Es la vejez, posiblemente.

»Sigamos con la carrera diplomática. Vamos al café Ron's House. Nos sentamos. Tomamos algo y seguimos.

Eso hicieron. Tras sentarse, continuando con la historia:

—Como bien sabes, porque tú también lo hiciste, en Australia, para ser diplomático, tras una carrera universitaria, habiendo cursado, como tú o como yo, Políticas, Económicas, Derecho etc., hay que seguir cursando lo que en Australia se llama: *Degree in Law, International Relations and Politics, Commerce, Asian Studies, Public Administration and language*. Hay que elegir algo de todo eso, alternando tus estudios, durante tu carrera universitaria o después, ampliando tu carrera.

»También conviene hacer un *Master's Degree*. Luego, es preferible hacer un DAFT, un programa del Ministerio de Asuntos Exteriores. También se puede hacer un APS, con el Servicio Público de Australia. Te conviertes en funcionario del Ministerio de Asuntos Exteriores y Comercio.

Debes dominar:

1. La comunicación verbal y escrita
2. Habilidades interpersonales
3. Habilidades de análisis
4. Habilidades de organización
5. Alguna o algunas lenguas extranjeras, como el francés, español, chino, ruso, árabe, etc.

»Para matricularte en un curso DAFT es bueno que alguien, como otro diplomático con experiencia, te dé una carta de recomendación. También se valora el que hayas viajado mucho por el extranjero, conociendo países, culturas, tradiciones y lenguas.

»Se te pide que seas «un hombre de mundo». Yo hice todo eso. Viajé por España, Alemania, Reino Unido, Rusia, China y América, además de África, sobre todo el norte y algunos países subsaharianos. Dominaba ya el inglés, español, francés y algo de árabe. Todo me valió. Hice un DAFT.

»Me convertí en un diplomático, a los 28 años de edad, en 1978, cuando tú tenías solo 3 años. Tengo que agradecer a tu madre, que fue la piedra angular del hogar, que me permitió el formarme y viajar tanto, ocupándose ella de ti y de ese hogar. Contratamos a Rosalinda, de El Salvador, emigrante, en aquellos años 70, para que ayudara a mamá en ese hogar del que yo me ausentaba demasiado.

»Tú entraste en la Escuela Primaria de Malvern, filial de Caulfield Grammar School, a donde irías luego a estudiar tu bachiller, en 1987, a los 12 años.

»¿Mis destinos? Estuve de cónsul en Barbados, entre 1978 y 1980; en Bengaluru, La India, entre 1980 y 1983; en La Paz, Bolivia, entre 1984 y 1986; en Sofía, Bulgaria, entre 1986 y 1990; en Nairobi, Kenya, entre 1991 y 1998, donde yo era el Australian High Commissioner.

»En 1998 me llegó algo muy esperado: me nombraron embajador de Australia en España, donde estuve 12 años, hasta el 2010. Yo tenía solo 48 años. Tras ese 2010, ya, con 60 años, pasé a ser profesor del DAFT en Canberra hasta el 2015, en que me jubilé. Tú, con 40 años, ya estabas de embajador en Roma, donde te visité antes de jubilarme.

»Me dio una gran alegría el saber que mi hijo seguía mis pasos, sirviendo a Australia, sirviendo al mundo, intentando que las relaciones internacionales mejoraran. Por supuesto que tu madre, que fallecería en el año 2017, me acompañó en todos esos destinos, gozando mucho del de Madrid, que había cambiado mucho, para bien, en los últimos 30 años.

»De vez en cuando recorrimos, de nuevo, los pueblos de esa Guadalajara que había abandonado, junto a mis padres y Manuel, en 1959. No quise volver a Villanueva del Centeno. No quise ver más la Casa 31. No me traía buenos recuerdos.

»Era un secreto de familia que solo pasaría a ti, como ya lo he hecho este fin de semana. Sí volví a Retiendas. Los vecinos de mis padres habían muerto todos. Nuestra casa la ocupaba, ahora, el hijo de Ramón, el que nos la compró. Era taxista, viajando entre todos esos pueblos, llevando a personas mayores a los ambulatorios de Marchamalo, Cogolludo, etc. y al Hospital de Guadalajara. No entré en la casa. Me saludó, pero no me invitó a entrar. La fachada seguía igual, aunque menos blanca. Me pareció todo, todavía, muy pobre en su aspecto. No quería recordar nada. Comimos en Marchamalo, en el Restaurante Doyma, un buen rabo de toro y una ensalada. Volvimos a Madrid, por la tarde, tras ir a Guadalajara capital a dar un paseo y tomar un café en el centro de la ciudad. Era un sábado, antes de la Semana santa, del año 2004, antes de que naciera tu hijo Ken, en el 2005. No volví. El resto de mi trabajo, como embajador en España, lo pasé atendiendo a reuniones internacionales en Madrid, Lisboa, Bruselas, Londres, París, Berlín y Roma.

»Sí comprobé, con los nuevos gobiernos democráticos, con la Constitución de 1978, que España, gracias a su gran turismo, a su industrialización, con un campo con tractores y demás, estaba cambiando. El ir montado en un burro o en mulo de las primeras décadas del siglo XX había pasado a la historia. Ahora había trenes, autobuses, autocares, coches, motos, etc.

»El atraso, el hambre, la miseria, la pobreza y la desigualdad social que habíamos dejado en 1959 iban desapareciendo. La juventud de esa nueva España, de la primera década del siglo XXI, era más próspera, más dinámica, con menos poder por parte de la Iglesia católica, con más sentido democrático, con los jóvenes formándose en los institutos de Formación Profesional, con Escuelas Oficiales de Idiomas, con universidades punteras en el mundo, con centros de investigación, con una seguridad social ejemplo del mundo, con un tejido industrial y empresarial que ofrecía trabajo y seguridad. Esa España, durante mi estancia, como embajador, sí me gustó. Por supuesto, había aldeas y pueblos a lo largo de la llamada España profunda, con pueblos de Castilla y otras regiones que se habían anclado en el tiempo. En esos pueblos abundaba la caza del conejo y el jabalí. Durante la semana seguían despoblados, sin colegio, con los alumnos teniendo que ir a colegios en pueblos más grandes o ciudades cercanas como Ávila, Salamanca, Guadalajara, etc., pero, en el fin de semana volvían muchos de los que habían emigrado a la capital a «su casa del pueblo», a respirar aire puro, a disfrutar de sus fiestas, a llevar flores al cementerio el 1 de noviembre, a cazar, a hablar del pasado, a ver a los viejos del lugar comprobando el listado de los que se habían marchado ya con las estrellas, como cuando te decía: «El tío Bernardo murió ayer, a los 98 años». Los pueblos se convirtieron, en esos años, en los pulmones de los que los visitaban, antiguos moradores, con sus hijos y sus nietos, e incluso emigrantes de Alemania, Francia e incluso Australia, que volvían para pasar unos días allí e incluso quedarse, para que sus cuerpos se unieran a los de sus antepasados en el cementerio, normalmente a la salida o entrada del pueblo. La iglesia y la plaza Mayor todavía eran el punto neurálgico de esos pueblos, con algún bar abierto para echar la partida y hablar del pasado, no de política, que era muy aburrido, engorroso y comprometido.

»La Guerra Civil había quedado en ese tintero de los malos recuerdos que había manchado el mantel de la paz y la fraternidad entre los españoles. Sí, me gustó esa nueva España cuando volví como embajador. En el año 2000, mi padre, Enrique, tenía 77 años. Mi madre, María, 73. Les pagué el viaje en avión. Vinieron a España. Estuvieron con nosotros seis meses, de marzo a septiembre. Durante ese tiempo hicimos nuestro recorrido por todos esos pueblos de Guadalajara, por la arquitectura negra, por toda España. Fuimos a la costa:

Cádiz, Málaga, Alicante, Barcelona, etc. También estuvimos en Galicia y en el País Vasco, además de Extremadura. Mis padres me dijeron que en su vida habían viajado tanto. Era mi deber, como hijo, que disfrutaran de esa nueva España, algo que hicieron mis padres con sumo placer, pero que, al mismo tiempo, me comentaban, de vez en cuando, que se acordaban de Australia.

»Comprobé que sí, era español, pero también un «nuevo australiano», como lo éramos todos en nuestra familia, algo que nos enriqueció como personas. Algo sufrió mi padre, cuando buscaba a algunos compañeros herreros de esos pueblos, comprobando que muchos habían viajado ya a las estrellas, como Tuhami y otros.

»No quiso ir a Villanueva del Centeno, no quería volver a aquel pasado siniestro. Aunque, cuando paseamos por el sendero, cerca del Henares, sí lo vi mirando al río, ¿recordando qué? No diré nada...

»En el 2010 volví a Australia. Tras jubilarme en el año 2015, sufrí la pérdida de mi padre, Enrique, en el año 2015; de mi madre, en el año 2017; de Manuel, en el año 2020.

»Algo ocurrió, en el año 2023, cuando yo tenía ya 73 años, jubilado, que me llenó de emoción. De vez en cuando, el Ministerio de Asuntos Exteriores de Australia contactaba conmigo, pidiéndome si estaba dispuesto a dirigir un seminario o dar una charla en la Escuela Diplomática de Canberra, para los alumnos de esa escuela. Mientras que mi cabeza me regía, siempre accedí a ello, creo que, hasta los 90 años de edad. Ese 2023 me llamaron para dar una de esas charlas, con el tema: *International Relations: The European Union and Asutralia.* Mi nieta Esther, tu hija, con 17 años, que jugaba, en Melbourne, a lo que ellos llaman *soccer* —nosotros, el fútbol de toda la vida—, me dijo que podíamos ir a ver la final de la Copa del Mundo, del fútbol femenino, el 20 de agosto de 2023, a las 12 del día, en el Accor Stadium, en Sídney. Si se clasificaba España, allí estaríamos. España llegó a la final. La embajadora de España en Australia, doña Alicia Moral Revilla, nos invitó a Esther y a mí a ver el partido desde el palco, junto al resto de autoridades. Llegó el día. Yo, más contento que unas Pascuas, con mi nieta y España jugando esa final. El lema del equipo español, por lo visto, era: «Jugar, luchar y ganar». Yo ya había dado mi charla, el viernes 18 de agosto. El partido era ese domingo, 20. Se jugaba contra Inglaterra, que era el coco de la competición. Minuto 28 del primer tiempo, nuestra jugadora Olga pega un zurdazo y la pelota entra en la portería inglesa. ¿Quieres creerte que hasta los australianos, que no jugaban esa final, aplaudieron ese gol español? ¡Qué alegría!

»Terminó el partido con ese 1-0, ganando la Copa del Mundo nuestras españolas. ¡Cómo había cambiado el mundo, Alfonso!

»Cuando yo me fui de Retiendas, en el año 1959, la mujer española era madre, esposa y criada. Su misión era cocinar, cuidar a la prole y al marido. Punto. Nada de deportes, ni de atreverse a jugar a algo ¡que era solo de hombres! Ahora eran campeonas del mundo.

»Me gustó ver como los australianos y australianas «iban con el equipo español», alegrándose de su éxito.

»¿Que tenían contra los ingleses e inglesas?

»Me estaba haciendo viejo, con una mochila de recuerdos, no todos gratos, por supuesto.

»Me había venido, ya jubilado, a Bribie Island, a Bongaree Beach, con su parque, su arena blanca, con los jóvenes y sus kayaks y tablas de surf, con los bikinis, con los cafés *take away*, con el Boogaree Jetty, una isla conectada, por un puente, con el continente, desde 1963, con su parque nacional que ocupa un tercio de la isla, con la cercana montaña de Glass House, con una naturaleza que quiere borrar tus recuerdos amargos. Con todo eso y con Andrea como compañera, amiga y cuidadora, llegué a este 2045 para estar contigo, ya, también jubilado, dándote todo lo que me dio mi padre:

Legajos, escritos, diarios, la rueda, recuerdos, historias, secretos de familia etc.

—Papá. Ha sido un placer el escucharte, el que me cuentes todo sobre la familia.

»Llevas razón, no somos solo judíos, españoles cristianos, australianos o españoles. Somos personas que han vivido navegando por este océano de la vida, contigo, la mayor parte del tiempo, como timonel.

»Debemos agradecer que un día, tu padre, Enrique, pensara: «Nos vamos a Australia». Te prometo que pasaré toda esta información a mi hijo Ken y a Esther en el futuro.

—Me agrada oír eso, Alfonso. Solo una cosa más. Te mentí, en parte, con lo don Remigio y el padre Donato. Mi padre me confesó algo el mismo día en que murió, en el año 2015, que no venía en su carta ni en la de Manuel. Era esto: «Cuando te dije, en la carta, que yo había matado a los dos pederastas, te mentí. Lo hice para proteger a Manuel, como siempre lo he querido hacer. Aquel día todo ocurrió como decían las cartas y como te conté, excepto que Manuel tenía un hacha escondida debajo del camastro donde abusaron de él, mientras que me esperaban a mí, que siempre era muy tardón. Cuando mi padre, Enrique, subió corriendo del sótano/bodega, matando a don Remigio con el macho, Manuel, con el hacha, ya le había cortado el cuello al padre Donato».

»O sea, mi padre, Enrique, mató a uno, y Manuel, al otro pederasta.

»Mi padre le dijo, tras, Manuel y él, bajar los cuerpos abajo y cubrirlos con la leña y la pizarra, que no dijera nada a nadie, que él era el que había matado a los dos. Ese secreto permanecería a lo largo de los años, hasta que te lo contáramos a ti, antes de que muriéramos. Cogimos el hacha y el macho y los tiramos al Henares. Ese es final de esta historia-secreto de la familia. Nunca le contamos nada a nadie, ni a tu madre. Nos iríamos los dos a la tumba con ello. Solo lo sabrías tú, a su debido tiempo.

—Ahora entiendo muchas cosas. A Manuel y a ti os unía un amor paterno-filial, pero también ese secreto. A veces lo veía demasiado pensativo, mirando a las estrellas. Ahora lo entiendo todo, papá —dijo Alfonso.

Ese lunes, último día de Alfonso en Bribie Island, ya que se volvía a Melbourne el martes, tras desayunar con su padre y Andrea, después de pasear frente a la playa, haberse tomado un cerveza con su padre en Ron's House, Alfonso le dijo a su padre, ya que eran las 12 del día, que si volvían a casa.

—Sí. Volvamos —dijo Robert—. Se hace tarde para la comida.

Robert no sabía todavía el plan de Alfonso, quien le había dicho a Andrea, el día anterior, que ese lunes no preparara comida, ya que se iban, los tres, a Brisbane, a comer en el restaurante Mecca Bah Brisbane, con cocina de Oriente Medio, en Gasworks Plaza, Longland St. Newstead, QLD. Tras la comida, irían a Victoria Park, donde había un concierto.

Eso hicieron. En 40 minutos estaban en Brisbane. Aparcaron cerca del restaurante. Dando un paseo, llegaron a él. Se sentaron. Tomaron *manakeesh*, que es un pan redondo, con queso, carne molida o hierbas llamadas *zaatar* encima. Pidieron también queso *halloumi* asado, que son rebanadas hechas con leche de cabra y oveja. Probaron también el *ful medames*, que se hace con habas, aceite de oliva, perejil, cebolla, ajo y limón, más unas croquetas de garbanzos, llamadas falafel. Al centro pidieron un *fattoush*, o sea, una ensalada, con lechuga, crutones fritos de pita, tomatitos cortados, pepinos y cebolla, además de ajo, limón, aceite de oliva y menta. De postre se pidieron el *knafeh*, que lleva queso *nabulsi*, que se toma mucho en Palestina. Tiene agua de flor de naranja o agua de rosas.

Alfonso había sido embajador de Australia en Beirut, Líbano, donde se acostumbró a los platos de Oriente Medio. Su padre, Robert, sí los conocía. Pero Andrea no lo había comido nunca. Quedó encantada. Ella era una gran cocinera. Conocía los platos mediterráneos, de Gracia, Italia y España, pero no los de Oriente Medio.

A las 3:30 se fueron a dar un pequeño paseo. Luego, al coche y al concierto, hasta las 7 de la tarde, cuando empezaron su camino de vuelta a Bribie Island, a donde llegaron, alrededor de las 8 de la tarde-noche. El sol estaba ya diciendo adiós, dando paso a una luna que acariciaba las aguas azules de la playa.

Robert creyó ver una ballena, en la distancia. Alfonso dijo que no se equivocaba. Había venido a saludarlos.

Sería la última vez que comerían juntos los tres.

De pronto, Alfonso le preguntó a su padre, Robert:

—Papá, me has explicado mucho de tu vida y de tus antepasados, pero, dime, ¿cómo fueron esos 12 años de embajador de Australia en España, entre 1998 y el año 2010, cuando tú llegaste a Madrid, si no me equivoco, con solo 48 años y te fuiste ya casi camino de la jubilación, con 60 años, para ser profesor en la Escuela de Diplomacia de Canberra?

Robert se quedó unos segundos pensativo. No es que no supiera qué decir, pero creía que ya había contado todo lo que necesitaba saber su hijo Alfonso. Contestó:

—Robert, ¿qué te puedo contar que tú, ya jubilado de tu carrera diplomática, con 70 años, tras haber recorrido esos mundos de dios, por embajadas, consulados, misiones en el extranjero, etc., no sepas ya?

»De todas formas, hubo un hecho, en Australia, que yo recuerde, en los días 11 al 14 de diciembre de 2005, que marcó mi carrera, ya que me afectó mucho. Un representante de un país como Australia, esté donde esté, en aquel caso, tiene que estar dispuesto a intentar dar explicaciones, a otros diplomáticos, a las autoridades del país donde estás representando, en este caso, a Australia, a la prensa, a todos los medios de comunicación, etc.

»El hecho muy grave, tanto lo fue que en ese año, a Australia, en todo el mundo se la acusó de xenófoba, racista y nazi. ¿Por qué? Fue un incidente, aparentemente, sin importancia, pero que tuvo resonancia mundial, incluida España, donde yo estaba.

»Fueron una serie de disturbios raciales, en algunos suburbios de Sídney, en esos días citados del diciembre del año 2005. Comenzó en el suburbio y playa de CRONU-LLA, extendiéndose a otros barrios del sudeste de Sidney. Se llamó *Cronulla Riots*. A Australia la acusaron, en todos los medios internacionales, de xenófoba, racista e intolerante. Unos jóvenes emigrantes o hijos de emigrantes libaneses jugaban al fútbol en esa playa de Cronulla. Los vigilantes de la playa, que eran blancos, les dijeron: «Fuera de ahí, estáis molestando al resto de las personas en la playa».

»Hubo hasta quejas, muchas falsas, de acoso sexual por parte de esos jóvenes a chicas australianas blancas. Se convirtió en una guerra abierta: *aussies* —australianos blancos, anglosajones— CONTRA los *lebs* o *wogs*, o sea, emigrantes que no tenían ese color blanco. Un tal Alan Jones, en la radio, dijo que «había que detener la invasión de Oriente Medio». El domingo 11 de diciembre de 2005, 5000 racistas y neonazis fueron a la playa de Cronulla, atacando a todo aquel que parecía algo árabe. El primer ministro J. Howard condenó esos disturbios. A través de mensajes por teléfono esos racistas pidieron a todo el país, en ciudades como Melbourne, Perth, Darwin, Brisbane, Adelaida, etc., que se manifestaran en contra de esos *wogs*.

»El día 16, jóvenes de Melbourne, descendientes de libaneses, italianos, serbios, griegos, etc., fueron a Sídney con autobuses y coches. La policía cerró la famosa playa de Bondi.

»Bandas neonazis fueron arrestadas, confiscando sus armas. El mapa del racismo —con barrios como Cronulla, Woollahra, Liverpool y otros— sirvió al Gobierno para la aplicación inmediata de programas de educación para la tolerancia, que tuvieron su éxito.

»Entre 1880 y 1901, cuando se federaron los estados australianos, regía la política de la «Australia blanca», con sus leyes correspondientes. Las leyes esas se habían abolido ya en 1973.

»Finalmente, con el primer ministro M. Fraser, en 1978, esas leyes fueron derogadas, aunque todavía había jóvenes que «odiaban a los *wogs*». Esa política nueva, de educación de la infancia y la juventud, hizo que, para el año 2006, cuando nació tu hija, Esther, ese racismo se redujera a solo 3 o 4 equivocados. En Australia, los gobiernos querían a todos los emigrantes, como a nosotros, los Mendoza, no solo a descendientes de británicos. Así se hizo grande, próspera y rica.

»Yo tuve que dar muchas explicaciones en España, a diplomáticos de otros países, al Gobierno español, a los medios de comunicación, etc. No fue un buen año, ese 2006. Todavía me quedaban 4 años más de embajador en Madrid.

En esa década (2000-2010), en el mundo hubo muchos terribles acontecimientos, como el las Torres Gemelas, en Nueva York, y otros como, en Madrid, el 11 de marzo de 2004, cuando estallaron 10 bombas en 4 trenes de cercanías, matando a 193 personas, con 2000 heridos. El autor de esa matanza había sido Al-Qaeda. El buen papa, Juan Pablo II, falleció el 2 de abril de 2005, cuando nació tu hijo, Ken. Esa década (2000-2009) fue declarada por la ONU «Decenio Internacional de una cultura de paz y no violencia para los niños y niñas del mundo».

»Hubo sus guerras: en Afganistán, en 2001; la Guerra del Golfo, en 2003. También fueron los Juegos Olímpicos de Sídney a partir del 15 de septiembre del 2000. También fue la década mundial de las energías renovables: sol, viento y agua.

»Hasta el año 2007, desde el año 2000, España tuvo un crecimiento económico, superior a muchos países del mundo desarrollado. Sin embargo, recordarás que en el año 2008 hubo una crisis mundial económica, afectando, sobre todo, a la clase media y baja de la sociedad en todo el mundo.

—Gracias, papá. Esperemos que no haya incidentes racistas de ese tipo otra vez, ni en Australia ni en ningún otro lugar del mundo. Soy consciente de que en un mundo con disturbios, injusticia social, conflictos bélicos, hambre, miseria, pobreza, con refugiados e inmigración ilegal, la labor de un embajador no es fácil, ya que tienes que fomentar las relaciones diplomáticas en un océano con tormentas, tifones y huracanes, siempre defendiendo las políticas de tu país, aunque, en tu interior, a veces, no estés muy de acuerdo.

—Algo que sí hice, con placer y tiempo, durante mis 12 años de embajador en España; fue cuando tenía algo de tiempo libre, con una guía histórica que yo me había preparado, fue el visitar lugares como ciudades, pueblos y aldeas de esa nuestra España.

»Estaba intentando compensar lo que, como niño pobre, con 9 años, en aquella España reprimida y atrasada, no hubiese podido hacer. Empecé, a lo largo de esos 12 años, por ir a Retiendas, a los pueblos de pizarra de Guadalajara, a Brihuega, uno de los pueblos más bonitos del mundo, según las revistas especializadas en esos temas de lugares preciosos del planeta. También fui a la capital, Guadalajara, visitando lugares del pasado medieval de esa ciudad. Andalucía no la conocía. Me dediqué, poco a poco, con mi propio manual de historia, a recorrer Granada, pensando en aquellos Reyes Católicos a los que se les juntó todo: su conquista, el viaje de Colón, la publicación de la primera gramática de Nebrija, y, para colmo, el firmar el Edicto de expulsión de aquellos españoles, porque eran españoles, que, por ser judíos, en sus creencias, había que expulsarlos, algo de lo que se rio bien, como ya te dije, Bayaceto II, emperador otomano, al recibir a muchos de ellos, diciendo: «Vaya tontos, esa Isabel y Fernando, echando de su país a toda esta gente que da riqueza con sus oficios y profesiones», de lo que él y su Imperio se aprovecharon, por supuesto.

»También estuve en Sevilla, una de las cunas de la inquisición y persecución de los judíos. Fui a Málaga, con su Mediterráneo, al igual que a Almería. Cádiz me encantó, llamada la Tacita de Plata. En Huelva me sentí muy judío porque fui a ver a unas familias portuguesas judías que vivían allí. También estuve en la puerta de Castilla, o sea, Jaén. Y por último en la islámica y musulmana Córdoba, donde vi reflejado, en sus calles y en su arquitectura, los 800 años del islamismo, en aquello que todavía no se llamaba España, sino Andalucía, Castilla, Aragón, Navarra, etc.

»También recorrí el norte, noroeste y este de España. Todo lo que vi, recorrí y admiré, lo hice con los ojos de un historiador, ávido de saber qué había pasado allí, donde fuere, a lo largo de los siglos.

»Vi lugares de batallas de la Guerra Civil, como la de Guadalajara, el Duero, Guernica bombardeada, etc.

»Además, lo de la matanza de Badajoz, con 4000 muertos, según dice la historia, algo que me horrorizó, al igual que la visión a la barbarie, con aquel Valle de los Caídos, que yo llamaría de los Asesinados. Enrique, un buen amigo del Ministerio de Asuntos Exteriores de España, fue el me guio por aquellos terribles lugares donde hubo batallas, matanzas y genocidios, a lo largo de la geografía de la cruenta guerra civil española. Él estaba preparando un libro sobre aquella guerra fratricida, algo que me recordó las guerras carlistas del siglo XIX, algo que yo había estudiado, en Australia, con una buena biblioteca de historia que conservo y que tú heredarás, aunque con muchos de los libros con apuntes y notas, que era y es como yo leo y aprendo, escribiendo, sobre los mismos libros, mis notas y apuntes, o sea, mis observaciones y reflexiones. Llegué a la conclusión de que España era la mejor conjunción de tres culturas, de tres creencias: el cristianismo, el judaísmo y el islamismo.

»La judería de Toledo me sorprendió. Cerré los ojos y mi mente deambuló por aquellas calles, pensando: «¿Cuánto tuvieron que sufrir aquellos judíos, con la ortodoxia y la crueldad cristiana de la época, teniendo que abandonar sus hogares?».

»También fui a Melilla, esa ciudad conquistada al mundo árabe, al mundo de los piratas y de los rifeños, por Pedro de Estopiñán, en el siglo XV, con su propia judería, llamado Barrio Hebreo, con algunas familias hebreas todavía viviendo allí, con magníficas sinagogas que son amigas de otros edificios religiosos, como mezquitas, iglesias cristianas, e incluso templos hindúes. Melilla me sorprendió, por su arquitectura, ya que es la segunda ciudad de España con más edificios modernistas, de los de Gaudí y compañía, tras Barcelona, ciudad que la noté, como siempre, en competencia con Madrid, quizás porque Madrid era la capital del Reino de España, aunque Barcelona estaba más desarrollada e industrializada.

»Estuve también en Ceuta, que, en sus tiempos, había sido algo portuguesa en el norte de África. Me encantó también el ver cómo convivían, al igual que en Melilla, las religiones y las culturas, siempre en el marco del respeto y la tolerancia.

»Solo en una ocasión fui a las Islas Canarias, esa España atlántica que se asoma a África, de donde le venían las pateras del hambre y la miseria en las primeras décadas del siglo XXI, con africanos ávidos de vivir en una Europa en paz, viniendo de Senegal y otros países, muchos muriendo ahogados, con hasta 300 en pateras donde no cabían más de 25 personas. Aquello se pudo solucionar hace ahora unos 5 años, con una política de inmigración común de la Unión Europea, con la bendición de la ONU y la Unión Africana, intentando que se eliminen las causas que hagan que esas personas, desesperadas, quieran emigrar, causas como:

»La corrupción política en sus países, las dictaduras, las guerras civiles, étnicas y/o tribales, la sequía, las inundaciones, la injusticia social, la desigualdad, etc. Alfonso, si tú eliminas la causa, solucionas el problema. Así lo hizo la ONU y las demás organizaciones internacionales.

»Cuando iba a ir a las Islas Canarias, mi amigo Enrique me dijo que fuera a Tefia.

—¿Qué es Tefia? —le pregunté.

—¿Tefia? Te explico, Robert. Tefia fue la cuna del horror y la vejación de los derechos humanos, en unas islas llamadas Afortunadas, en el Atlántico. Durante la dictadura franquista hubo unos 300 campos de concentración, entre ellos Tefia, una aldea en el municipio de Puerto del Rosario, en la isla de Fuerteventura.

»Estuvo abierto, como infierno, entre 1954 y 1966. Allí había presos comunes, políticos y homosexuales que no habían cometido más delito que ser homosexuales. La Iglesia católica le dijo a Franco que había que reeducarlos. Su primer director fue ¡¡¡un monje carmelita!!! A los homosexuales los veían con un problema de conducta, de inmoralidad. Había que corregirlos, según la Ley de Vagos y Maleantes de marzo 1954.

»A Tefia la llamaron Colonia Agrícola Penitenciaria. Fueron esclavizados, martirizados, vejados y hasta violados.

»Te lo digo porque sé que te gusta visitar lugares históricos, aunque sean centros del dolor, la miseria y el martirio, algo perpetrado por la bestialidad humana, a lo largo de la historia.

—Gracias, Enrique. Lo visitaré —le dije.

»Eso hice, en el año 2007. Ya no era un campo de concentración en plena democracia española, que existía desde la Constitución de 1978, tras la muerte de Franco, en noviembre de 1975, con un periodo de transición histórica, entre ese 1975 y el 1978, sino un albergue juvenil.

»Pensé que esos jóvenes, en ese albergue, donde se lo pasarían pipa, no tenían ni idea de los que esas paredes de esos barracones habían visto y sufrido, con aquellos presos, todos varones. Pensé en que, si mi amigo Manuel Lozano, que fue también mi hermano adoptado, se hubiese quedado en España siendo homosexual, es posible que hubiese acabado en Tefia.

»El emigrar a Australia con nosotros le salvó de esa dictadura y de la forma inhumana en que trataron a los homosexuales.

»Pensé en los pederastas religiosos, curas o no, que habían abusado de la infancia, entre ellos de mí y de Manuel, en Villanueva del Centeno, con sus guarrerías, en aquellos años franquistas, e incluso después, mientras que los jerarcas de la Iglesia les tapaban esos crímenes contra la dignidad humana y, al mismo tiempo, enviaban a los homosexuales a Tefia para su tortura y sufrimiento.

»Pensé que, Australia, con todos sus defectos, como toda democracia, con un historial de represión y maltrato a los aborígenes, todavía podía presumir de ser una democracia, que no había llegado a esos niveles de la dictadura hitleriana, franquista, de Mussolini y muchas otras en los otros cuatro continentes, sobre todo en la África del hambre, la pobreza y las continuas guerras civiles.

»No. No perdí el tiempo. Siempre busqué un hueco, entre mi trabajo diario como embajador para conocer esa España, que también había sido y era la patria de los Mendoza, sobre todo de los antiguos, antes de llegar a Australia en 1959, en plena dictadura franquista.

»El mismo día en el que España ganó el Mundial de fútbol en Sudáfrica, 11 de julio de 2010, volvía yo a Australia, con mi época como embajador de España en Australia acabada, para irme, de profesor, a la Escuela Diplomática en Canberra.

—Ya veo que no perdiste el tiempo en España. A mí también me encanta la historia de los pueblos y su surcar por la vida. Lo habré heredado de ti, papá —dijo Alfonso. Espero que me dejes todos tus apuntes de historia. Me encantará leerlos.

»Posiblemente escriba un libro en el que mezcle la historia con algo de los Mendoza y la España entre los siglos XV y XXI —contestó Alfonso.

El paseo por la playa acabó. Había sido un día de felicidad y de recuerdos.

Según les repitió Robert a los dos, Andrea y Alfonso, añadió: «La felicidad no existe. No la persigamos inútilmente. Son los momentos como los de ese día, los que se manifiestan como generadores de felicidad momentánea y pasajera, los que hay que aprovechar, cosechar, acariciar, guardar y recordar».

Esa noche, sentados los tres en el porche a la entrada de la casa hasta las 9:30, cenaron un yogur y un helado de chocolate. Se dieron buenas noches. Sería su última noche con los 3 vivos, juntos, felices.

El martes por la mañana, se despertaron. La casa tenía dos baños. Andrea usó el de la parte de arriba, cerca de su habitación. Padre e hijo se turnaron en el de abajo, con su aseo personal, afeitado y demás. Fueron a dar un paseo hasta Ron's House, donde desayunaron con zumo de limón en un vaso, con agua caliente, unos dientes de ajo en un pequeño plato, pan con miel y café para Alfonso y Andrea.

Robert se pidió un té con hierba buena.

Volvieron, paseando, hasta la casa. Alfonso quería tocar el agua de la playa. Se quitó los zapatos. Se mojó ligeramente los pies, andando unos metros a lo largo de la orilla. Se sentaron en un banco, frente a la playa. Andrea llevaba una pequeña toalla en una bolsa, con pañuelos de papel y una botella de agua. Alfonso se secó los pies. Se calzó. Echaron a andar sin dejar de otear el horizonte, por si alguna otra ballena venía a saludarlos. No vino ninguna. Estarían reunidas en algún lugar del océano para decidir qué hacer para evitar a los voraces tiburones.

Volvieron a la casa. Alfonso metió su maleta, en el maletero del coche. Les dio un abrazo a su padre y a Andrea. Los besó, en la mejilla. Sabía, presentía, se olía, se figuraba, que nos los iba a ver más. No se equivocaba, al menos, vivos. Se llevaba, con cariño, todos los legajos y demás, con la historia de los Mendoza, desde aquel marzo de 1492, cuando el Edicto de los Reyes Católicos había obligado a Simón Levy, Roberto Mendoza de la Serna, a convertirse en cristiano o a marcharse de Castilla-Aragón. Se hizo judío converso, marrano, nuevo cristiano; él y toda su familia. Así pudo quedarse en Retiendas, Guadalajara, con su herrería y su vida, aunque sufriera algo de malos comentarios y discriminación. Siempre pensó Simón: «Es el destino de nosotros, el pueblo judío: la diáspora y el exilio».

Epílogo

Los Mendoza, ya australianos y españoles al mismo tiempo, en Australia desde 1959; allí se quedaron a través de las siguientes generaciones, siglos y siglos, en ese país con nombre español: Australia.

En el año 2026 se había celebrado el centenario del nacimiento del político australiano, llamado «el de las corbatas de colores», Al Grassby, nacido en Brisbane, el 12 de julio de 1926, fallecido en Canberra, el 23 de abril de 2005.

¿Qué tiene que ver con nuestra historia?

Fue ministro de Inmigración entre 1972 y 1974, cuando Robert Mendoza, asentado en Australia con su familia, llevaba allí 13, 14 y 15 años, años con fuerte inmigración europea, incluida emigrantes de España, quienes llegaban ya para ser alojados en el Maribyrnong Hostel, ese campamento gigante para inmigrantes en Melbourne.

Sus padres eran descendientes de emigrantes europeos, españoles e irlandeses. Su abuelo paterno, Jaime Grass, había sido un pescador malagueño aventurero, quien, en el siglo XIX, emigró a Sudamérica, para terminar luego en Brisbane, Australia, donde se dedicó a la cría y venta de caballos. Cambió su apellido malagueño por Grassby porque le sonaba a irlandés, algo que le agradaba, quizás para integrarse lo antes posible en esa Australia del siglo XIX.

Su nieto, Al Grassby, cuando era ya ministro de Inmigración, en esos años 70 del siglo XX, redujo la burocracia «de los papeles para los inmigrantes», fomentando la inmigración fácil y rápida.

También simplificó la burocracia de la solicitud para hacerse australiano. Permitió a los inmigrantes «ilegales» que tuvieran ya hijos nacidos en Australia, que se legalizara su situación. Hizo famosa su frase: *We must stop making war on children*, que, traducido, suena así: «Debemos parar de hacerles la guerra a los niños».

También se ocupó de devolver los derechos humanos robados a los aborígenes australianos a lo largo de los últimos 4 siglos.

Fundó muchos centros de educación y formación, especialmente para los inmigrantes. En 1973, gracias a ese ser humano, medio español-australiano, llamado Al Grassby, 57 102 inmigrantes obtuvieron la nacionalidad australiana. En 1986, la ONU le concedió la Medalla de la Paz.

Al Grassby fue lo que los israelitas llaman UN JUSTO, al igual que lo fue Melchor Rodríguez, El Ángel Rojo, en nuestra Guerra Civil, salvando a miles de enemigos suyos, de ser asesinados por los radicales republicanos, para, luego, acabar en la cárcel, tras acabar la Guerra Civil, acusado de rojo comunista.

El mundo se mueve y respira algo de amor gracias a esos JUSTOS Y JUSTAS, como Manuela Malasaña, quien defendió a su patria, España, contra la invasión napoleónica. La lista de esos JUSTOS Y JUSTAS ES INTERMINABLE.

Hay razones para seguir creyendo en la bondad humana gracias a ellos y ellas.

Sugiero a mis lectoras/lectores se lean *The Spanish in Australia,* escrito por él en 1983, publicado por AE Press, ISBN 086787 202 0, de *Australia Ethnic Heritage Series.*

El prólogo de ese libro lo escribió el que fuera embajador de España en Australia entre 1977 y 1983 don Carlos Fernández-Shaw.

Al Grassby nos recordaba, en su libro, que el nombre de Australia se lo había dado el navegante y explorador portugués, al servicio del Rey Felipe III de España, Pedro Fernández de Quirós, el 14 de mayo de 1606, cuando llegó a tierras australianas tras una travesía de 5 meses, desde la península ibérica, con Luis Váez de Torres, navegante español. Por eso, el estrecho de Torres, entre la isla de Tasmania y el continente, lleva su nombre también.

Como el Rey Felipe III de España era de la dinastía de los Austrias, Pedro Fernández de Quirós llamó al nuevo continente descubierto por él Australia del Espíritu Santo.

En Australia, en el año 2023 había unas 150 000 personas de origen español e hispanoamericanos, cuya lengua era el español, además del inglés.

El 12 de octubre de 2006 se inauguró, en Canberra, una estatua de Pedro Fernández de Quirós, conmemorando los 400 años desde que el navegante llegó a Australia. Era algo que Al Grassby pedía en su libro, o sea, un monumento o estatua a ese navegante. Él no vio esa estatua, ya que había muerto un año antes, o sea, en el año 2005.

La placa de la estatua dice:

Quirós 1606-2006. To the expedition Commander Pedro Fernández de Quirós and his fellow navigator Luis Váez de Torres, sent to the Sothern Lands in 1606 by Phillip III, King of Spain. This gift from the Government of Spain to the Australian Government was unveiled by the Spanish Ambassador His Excellency Antonio Cosano and the Minister for Local Government, Territories and Roads, the Hon Jim Lloyd, MP. 12 Oct. 2006.

A ese acto asistieron: Enrique Mendoza, quien fallecería 9 años después, en 2015; María Mendoza, quien fallecería 11 años después, en 2017; Robert Mendoza, quien fallecería en el año 2046; Manuel Lozano, quien fallecería 14 años después, en 2020; Alfonso Mendoza, nacido en 1975, y su esposa Verónica, nacida en 1980, fallecida en el año 2040; Ken Mendoza, hijo de Alfonso y Verónica, tenía solo un añito. Fue un acto muy emotivo para la familia Mendoza, tras haber llegado a Australia en el año 1959.

En el año 2006 nació Esther Mendoza, la hermana de Ken Mendoza, hija de Alfonso Mendoza y nieta de Robert Mendoza.

Estudió Derecho, en Monash University. Entró en política, con solo 24 años, en el Partido Laborista. En el año 2045, con 39 años era ya MP, miembro del Parlamento, diputada en el Congreso australiano. En enero de 2047 fue nombrada Ministra de Igualdad, tras una larga carrera de activismo en el marco de las reivindicaciones feministas.

En marzo de 2047, con 41 años, tuvo que venir a Madrid, como Ministra de Igualdad en Australia.

Era el Primer Gran Congreso-Reunión de 120 países de todo el mundo, el Women's Protectional International Committee Summit. Ese comité pretendía, ya, de una vez, establecer las directrices que girarían alrededor de la eliminación del abuso sexual, de la violencia de género y del maltrato a la mujer.

Ese comité estaba representado por todos y todas los/las ministros/as de Igualdad, o equivalente, de todos esos 120 países.

La ONU, a través de sus distintos organismos, bajo el lema *Women's and Children's Protection Scheme*, más ONG, estuvieron toda una semana en Madrid, reunidos para llegar a un acuerdo de cómo ayudar a que la mujer recuperara su dignidad, como persona, sin el maltrato ni la violencia de género.

Esther Mendoza fue muy vocativa en ese congreso, diciendo que había que actuar ya, para que la mujer no sintiera más que podía una víctima del machismo y de la violencia de género.

El comité decidió, en sus conclusiones, lo siguiente:

1. En todos los municipios del mundo tenía que haber un representante de ese comité, a través de los Ministerios de Igualdad de esos países. En casos como el de España, tendría que haberlo en los municipios, autonomías y a nivel

estatal, con sus correspondientes Consejerías de Igualdad y Concejalías de Igualdad.

2. A nivel estatal se establecería un presupuesto, del que emanaría la financiación de todos los programas y proyectos de protección de la mujer e hijos menores de edad, de las autonomías y municipios.

3. Tenía que haber una red de casa-refugio-hogar para mujeres e hijos en situación de maltrato o con sospecha de ello.

4. Se contratarían mediadores familiares, psiquiatras, psicólogos, técnicos de protección de la mujer e hijos menores.

5. Se establecería un Programa de Empleo para la mujer maltratada, de forma que pudiera sentirse realizada con un trabajo en el exterior de su casa-refugio.

6. Se formaría, en prevención, detección y acción a todo aquel o aquella que entrara en el marco de la protección de la mujer y de sus hijos menores, tal como policía, profesorado, médicos de familia, etc.

7. Se legislaría de acuerdo a ese comité, en todos los países firmantes, para que el maltratador y/o asesino «no se fuera de rositas», siendo apresado, juzgado y condenado severamente.

8. Se subvencionarían a todas las asociaciones de mujeres cuyo objetivo era la protección de la mujer y sus hijos menores.

9. Cada dos años se celebraría un congreso similar, para valorar los avances hechos en la protección de la mujer y sus

hijos menores de edad, aprendiendo de los errores cometidos, tratando de mejorar dicha protección.

Esther Mendoza tuvo su pareja, Susan Barrett, de origen irlandés. Tras una larga carrera política, además de ser activista en el movimiento LGTBI, siempre en la brecha, luchando por la protección de la mujer y sus hijos menores de edad, Esther falleció, a los 100 años de edad, en el año 2106. Susan había fallecido, a la edad de 90 años, en el año 2095.

En el año 2069 se celebró, en todas las ciudades australianas, el centenario del movimiento LGTBI, recordando el de Nueva York, en 1969, que fue una manifestación por los derechos de lesbianas, gais, bisexuales y transexuales, que empezó el 28 de junio de 1969 en el bar gay Stonewall Inn, desafiando el acoso policial. Esa resistencia dio origen al movimiento Nacional y Mundial LGTBI por la igualdad y los derechos humanos de las personas «diferentes».

En el año 2070 ya dejó de haber niños mineros, sobre todo, en África. El abandono, la falta de hogar, de protección, el hambre y la pobreza durante los siglos de colonización europea, hasta ese 2070, habían propiciado que se usaran a los niños pequeños para trabajar en las minas de oro y otros metales preciosos, ya que esos niños, de pequeña estatura, podían meterse en túneles y agujeros de las minas, donde no cabían los adultos. A los niños los usaban también como soldados, en las guerras civiles, como espías, como porteadores y hasta como esclavos sexuales, sobre todo en África.

La ONU, junto con la Unión Africana, la Unión Europea, La Unión de Oriente Medio, las ONG, como la Cruz Roja, la Media Luna Roja, Greenpeace, Save the Children, OXFAM, UNICEF, Médicos del Mundo, Médicos sin Fronteras, etc., consiguieron, en ese 2070, que no hubiera más niños mineros ni soldados, con un programa de formación de la infancia y juventud en los países subsaharianos.

La ONU organizó, gracias a la ayuda de los EE. UU., Rusia, China y los países de la OTAN, La Fuerza Protectora de la Infancia, llamada en inglés Children's Protection International Force.

También, en el año 2070, se paró, para siempre, la mutilación genital femenina, gracias a la OMS (Organización Mundial de la Salud), la ONU y las ONG.

Ese atentado infame, a las niñas y mujeres, del mundo de la pobreza y el hambre, además de la injusticia social y discriminación de la mujer, se llevaba haciendo desde tiempos inmemoriales.

Según UNICEF, era un conjunto de procedimientos que implicaban la extirpación, total o parcial, de los genitales femeninos externos.

En los últimos 3 siglos, unos 200 millones de niñas y mujeres, en todo el mundo, habían sufrido esa mutilación, sobre todo en África. Era una violación de los derechos humanos.

Ken Mendoza se alegró de que su hijo Lance, médico pediatra, hubiera colaborado, con Médicos sin Fronteras, para erradicar ese crimen contra las niñas y mujeres.

Muchas niñas morían como consecuencia de ese atentado a su dignidad como seres humanos, con hemorragias, infecciones, transmisión del VIH, retención de orina, dolores y un trauma para toda la vida. Muchas niñas acababan por suicidarse.

La OMS (Organización Mundial de la Salud), llevaba más de 100 años intentando atacar el problema social, económico, moral, médico y hasta político del SUICIDIO.

En España, la estadística cruel y fría nos decía que, en el año 2023, se suicidaban 11 personas diarias, un 30 % de ellas adolescentes o jóvenes, muchos con depresión sin una adecuada atención médica, por la escasez de psiquiatras, psicólogos y consejeros del mundo mental. La ONU, junto con la OMS y ONG, como la Cruz Roja y «Salud Mental para todos», ONG que nació, en Chicago, en el año 2047, con el nombre Mental Health for ALL, consiguieron, para el año 2055, haber reducido en un 40 % los suicidios en el mundo.

Para ello se estableció un programa que comprendía lo siguiente:

1. Exigir a los gobiernos estatales, regionales y locales que destinaran un presupuesto, suficiente, para contratar a profesionales de la salud mental, como psiquiatras, psicólogos, consejeros, enfermeras especializadas en el mundo de salud mental, profesores preparados para ayudar en primaria, secundaria y en la universidad a ese alumnado perdido,

amargado, con síntomas de depresión, sabiendo cuándo y cómo derivarlos a salud mental en su zona.

2. Estar siempre en contacto con las familias, estudiando las causas que puedan motivar que un niño o joven «piense en el suicidio» para atacar la raíz del problema, sobre todo en el caso de padres separados o divorciados, con mediadores familiares que conozcan el campo de la salud mental. Atender especialmente a los niños huérfanos, de padre, madre o ambos.

3. Crear un comité, compuesto por geriatras, psiquiatras y psicólogos, que ataquen el problema de la vejez como causa de suicidios en muchos casos. Evitar el «aparcamiento» de personas mayores, en los centros de mayores, muchas veces solo lugares de negocio, en los que se sienten solos, abandonados y esperando la muerte. Para ello hay que formar a personas cuidadoras, no solo mujeres, sino hombres también, no solo para inmigrantes sin trabajo, que son los y las que en el pasado se ocupaban de cuidar y acompañar a esos mayores. Debe ser una profesión el cuidarles, no una forma de ganar algo de dinero porque estás desempleado/a.

Robert Mendoza murió el 14 de marzo de 2046. Sus cenizas fueron al columbario de Melbourne. De ello se ocupó su hijo Alfonso.

Andrea falleció, de un ataque al corazón, en diciembre de 1946. Sus cenizas fueron a reposar junto a las de Robert Mendoza.

Alfonso falleció en el año 2065, a los 90 años. Su hijo, Ken Mendoza, de 60 años, embajador en Roma, depositó las cenizas de Alfonso en el columbario, junto con Robert, su abuelo, y Andrea, más las de su abuela María y Manuel Lozano (Manuel Mendoza).

Su hija, Esther Mendoza, nacida en el año 2006, según hemos visto, en el Congreso de Protección de la Mujer y sus hijos menores de edad, no había hecho carrera diplomática, sino política, llegando a ser Ministra de Igualdad en 2047. Falleció en el año 2106, a los 100 años de edad.

Ken siempre estuvo en contacto con su hermana, Esther, siguiendo su carrera política. Se jubiló en el año 2070. Se fue a Bribie Island con su esposa, Rose, de origen irlandés, y su hijo, Lance Mendoza, nacido en el año 2035. Lance hizo Medicina. Trabajó, al principio, como pediatra en el Queen Victoria Hospital, en Melbourne.

Se casó con Elizabeth, una enfermera de ese hospital.

Su hijo, Robert, nació un año antes de morir Ken, en el 2069. La saga de los Mendoza siguió adelante. Su lema había sido siempre: «Persigamos la libertad y la paz, en el marco de la tolerancia y el respeto por los derechos humanos».

El mundo de Lance era ya algo mejor, algo mejor.

1. La Unión Europea había engordado, con nuevos países, como Islandia, Liechtenstein, Noruega, Albania, Andorra, Bosnia y Herzegovina, Kosovo, Macedonia del Norte, Montenegro, San Marino, Serbia y Ucrania; el Rei-

no Unido había vuelto a ella. No quería su soledad. Eso enriqueció y fortaleció a esa Unión Europea, que ayudó a la ONU, a la Unión Africana, a la OTAN y a la Unión de Oriente Medio a que hubiera paz, ya, con Palestina e Israel, como dos estados soberanos, amigos y vecinos, que tenían en común su religión monoteísta, con el mismo dios que los cristianos, aunque con distinto apellido: Jehová, Alá y Dios.

Esa paz trajo amor y convivencia. Hubo matrimonios mixtos, entre palestinos e israelitas. Los hijos de esos matrimonios serían la semilla de esa paz duradera, necesaria y de sentido común.

1948, con sus guerras posteriores, quedó muy atrás, «gracias a Alá y a Jehová», decían los creyentes.

Las guerras civiles y conflictos que hubo en las primeras décadas del siglo XXI, para el año 2055 se habían acabado.

Esas guerra civiles de la República Centroafricana, Irak, Siria, Sudán del Sur, Somalia, Afganistán, Yemen, Libia, Congo, Camerún, Etiopía, Malí, Mozambique, Nigeria, Senegal, el Sahara Occidental, etc., guerras que habían generado el sufrimiento de más de 100 millones de desplazados, gracias la ONU, apoyada por la unión de esos países europeos, África, Oriente Medio y las tres grandes potencias, que lo seguían siendo: China, Rusia y los EE. UU., pudieron llegar a una paz que produjo un desarrollo económico y social, en el que se basó la justicia social y el eliminar el hambre y la miseria. Para ello, la ONU propuso:

1. Nunca apoyar ni corromper a los líderes dictadores del llamado mundo subdesarrollado de África, Asia y la América Latina. Fomentar el nacimiento de la democracia como el cemento de la convivencia. Eliminar las causas por las que esos inmigrantes se jugaban la vida, metiéndose en una patera o cayuco. Causas como: la corrupción política, las guerras civiles, la persecución de los disidentes políticos, la ambición humana que hace explotar al débil, sin trabajo, con esclavitud, con salarios de miseria, creando pobreza, hambre y miseria.

El lema de las Naciones Unidas, para conseguir que esos habitantes del mundo subsahariano, de los países hispanoamericanos y del norte de África y de otras zonas del mundo, era: *To stop poverty is to stop forced inmigration.*

2. Dejar de explotar los recursos naturales de ese mundo subdesarrollado.

3. Establecer un Programa de Educación, con Formación Profesional y demás, para la infancia y juventud de esos países.

4. Crear una política mundial de emigración para aquellos que quisieran emigrar a Europa, América, etc., sin tener que ser ilegales, ni subirse a una patera, para ahogarse camino de las Islas Canarias o similar.

5. Atacar, de frente y fuerte, a ese mundo de las mafias que traficaban con los seres humanos, la trata de blancas y la emigración, con los coyotes y polleros, en fronteras como la de México-EE. UU.

6. Evitar, formando a las jóvenes en países como la República Dominicana o Haití, entre otros, que tuvieran que recurrir a la prostitución para vivir y dar de comer a sus hijos. El lema era: *Training and work means freedom*.

7. Crear una política que apoyara y fomentara la igualdad entre hombres y mujeres, sobre todo en los países árabes extremistas, donde la mujer había sido siempre una ciudadana de segunda clase.

8. Por último, crear el FORO PROTECTOR DE LOS DERECHOS HUMANOS, como algo similar a una policía mundial, que vigilara que se cumplieran los puntos 1 al 7 de esta decisión de la ONU.

El mundo se merecía un clima social mejor, además de proteger el medio ambiente, su flora y su fauna.

Lance estuvo en África, con Médicos sin Fronteras, en varias ocasiones. Terminó por ser jefe de Pediatría, en el Royal Children's Hospital, de Melbourne.

La saga de los Mendoza seguiría con su hijo, Robert, nacido en el año 2069, camino del siglo XXII, o sea, 7 siglos después de aquel 1492, cuando Simón Levy se tuvo que convertir en Roberto Mendoza de la Serna, un «nuevo cristiano», aunque conservando su Torá y su Talmud, por supuesto, libros que viajaron, de generación en generación como vehículos de convivencia y unión entre todos los miembros de esas generaciones: los Mendoza.

En el año 2107 se abrió, en Canberra, una casa-hogar para mujeres maltratadas, llamada Esther House. Ella, fallecida un año antes, en su testamento, había dejado 300 000 dólares australianos donados a financiar el mantenimiento de Protección de la Mujer y sus hijos menores en ese hogar de protección.

La saga de los Mendoza había recorrido siglos entre aquel 1492 y el 2106, cuando falleció Esther.

Robert, nacido en el año 2069, seguiría con esa saga de los Mendoza... siglos y siglos.

FIN

Índice